U0033045

學外語就像
學母語

25語台灣郎的
沉浸式語言習得

學外語就像
學母語

25語台灣郎的
沉浸式語言習得

25語台灣郎的沉浸式語言習得

學外語
就像
學母語

Terry（謝智翔）著

CONTENTS
目　錄

前言　改變我一生的語言學習法 007

第一部
100%有效、人人都能學會外語的方法
——迷思與觀念篇

ch1　學外語不必靠天分 014

ch2　我們過去都用錯方法 018

ch3　用科學方法，找出人人都能學會外語的關鍵 029

ch4　地表最強語言習得法：小孩子的方法 039

ch5　自然「沉浸」，自己「習得」！像孩子學母語一樣學
外語 047

第二部
學外語就像學母語
——方法篇

ch6　走出教室，沉浸在社會型外語環境 062

ch7 沉浸式祕笈一：拋開大人的學習模式 079

ch8 沉浸式祕笈二：建造有愛環境之住宿篇 089

ch9 沉浸式祕笈三：建造有愛環境之社交篇 099

ch10 國外沉浸式實例：

寒暑假出國沉浸式，取代貴又沒效的語言學校 115

ch11 國外沉浸式實例：

光是出國還不夠！留學生如何沉浸式學好英文 125

ch12 國外沉浸式實例：

不只是打工度假！找到賺錢與學外語的平衡點 134

ch13 台灣沉浸式實例：

哪裡有外國人、外語環境，就往哪兒去 142

ch14 沉浸式習得人際關係：

如何跟外國人做朋友、聊得來 158

ch15 不懂文法也學得會 169

ch16 不愛背單字，也能提升字彙量 178

ch17 「略讀」勝於「精讀」 189

ch18 我就是害羞、我就是不會建立環境，該怎麼辦？ 198

第三部
學外語就像學母語
——實踐篇

ch19 平常忙工作，又想進修外語：上班族一週沉浸式計畫
書 216

ch20 如果你有長假：菲律賓沉浸式英語停看聽 227

ch21 準備考試檢定：認清語言檢定的本質 236

ch22 也想當多語達人：大腦沒有語言數量的限制 248

ch23 教外國人中文：沉浸式華語教學 258

ch24 遇上傳統語言教與學困境：沉浸式找回學習本能 265

結語 迎接人人說多語的黃金時代 273

CONTENTS
目 錄

前言 改變我一生的語言學習法

　　如果我只是學會 25 種語言，而不是像小孩學母語一樣，用「沉浸在外語」裡的方法習得，我現在的人生肯定不會這麼充實精采。

　　我出生於一個和多語學習無緣的家庭，母語「國語」是我唯一的使用語言，英語還是到快上國中才開始學。小時候的我從沒想過國際化的生活，更難以想像自己會說多種語言。

　　我起先對英語並不感興趣，也沒想過要把英語學好，但國中開始接觸全英語的大型多人在線角色扮演遊戲（MMORPG）後，為了和全世界的玩家溝通，不得不開始「被迫學英文」，不知不覺就精通了；高中開始接觸日語，也是差不多歷程，因為想玩電玩、想悠遊在用日語構築的虛擬世界，又學了一種新語言。

　　語言對我來說一直是一個人的事，到上大學時，我都沒有太多與人用外語溝通的經驗，覺得學語言就是文法、單字這些機械化過程，直到我開始學法文、愛上學語言之後，才有了改變。

遇上100%有效的「沉浸式語言習得」

　　大學時，我遇到兩位精通多國語言的恩師，受到他們啟發，我開始學習各國語言，而法語是我的第一個「獵物」。

　　起初我學法語，也是課本、文法、單字和閱讀那一套，後來到了法國交換留學時，發現這些「紙上談兵」離實際的法語有很大差距，必須長時間和母語人士相處，才有辦法真的讓自己的法語更上一層樓，因此我決定在法國的這一年，每天從早到晚，只要情況允許，我都要跟法國人在一起。

　　當時我就讀的學校巴黎綜合理工學院，位在巴黎南方市郊的山上，下山到市中心，來回一趟需要大概 3 小時的時間，即便如此，我還是每天下課就往山下跑，參加各種法國人的活動，盡可能地拉長自己與法國人相處的時間。如此一年下來，我的法文有非常長足的進步，一年的「習得量」抵

過別人3到5年，而且還結交了一群志同道合的法國好友，直至15年後的今天，我們仍非常要好，每次去巴黎，總是有無數的「免費」旅館等著我光臨。

等到我大學畢業、服完兵役、去日本打工度假後，我到美國堪薩斯大學攻讀語言學碩士，就學期間對於克拉申（Stephan Krashen）的語言習得理論特別感興趣，才知道原來成人也可以不背單字、不懂文法，就學會新語言；我也才發現，自己當時在法國的做法，剛好就是「沉浸式習得」的一種。

不只高效學語言，還有人際紅利

教科書和期刊論文唯一沒提到的，就是「沉浸式習得」帶來的「人際紅利」，不只能讓你像小孩一樣高效率學會語言，還會帶給你意想不到的機會和財富。

從此以後，無論是「溫故」：精進已學過的語言、還是「知新」：學習新語言，「沉浸式習得」都是我的首選，不斷地在世界各地套用的結果，就是四海之內皆兄弟姊妹，這些外國朋友讓我得以在走訪世界各國時，都有歸宿，更讓我

用令人難以置信的低預算，多次環遊世界，走遍 70 多個國家。

美由紀是我創辦的語言習得交流平台「多語咖啡」的日語母語志工，她認為我最令人敬佩的一點，不是學會 25 種語言，而是跟許多人都留下深厚的友情，並運用這些人際網路去開創理想的生活和事業，我也認為她說的極有道理。

目前「多語咖啡」已走入第五個年頭，當初若不是我在台北積極地「沉浸式習得」各國語言，我不可能認識這麼多願意來「多語咖啡」幫忙的友人，「多語咖啡」也不可能維持到今天，發展至台中、台南和高雄都有的規模。深受政大教授和參加者好評的「沉浸式習得留遊學」也是如此，若不是有這些「沉浸式習得」路上結識的朋友，我根本不可能打造這個創新的留遊學計畫。

除了我們「多語達人」之外，我想鮮少有人是「為了學而學」，「學會語言」畢竟只是達到自己目標和理想的一個工具和過程。有人的目標是商業機會，有人的目標是升遷和工作，有人想結交外國朋友，有人想找到另一半，有人想環遊世界，不管你的目標是那一種，不需要「等到」學會語言，才達成你最終的目標。

　　現在就開始加入「沉浸式習得」行列，讓你在學語言的過程中自然達成想要的目標，擁抱人生的無限可能。

第一部

100%有效、人人都能學會
外語的方法

——迷思與觀念篇

CH1

學外語不必靠天分

　　如果我們睡一覺醒來，就能多學會一種語言，相信每個人絕對都很樂意。那麼，這世上是否真有一種方式，能讓任何人輕鬆學會新語言呢？有人認為，出國留學、定居國外是唯一方法，然而，留學就一定能保證學會嗎？

　　Michael是來自英國的大學生，只會一點點日語的他，到了日本留學之後，日本人都叫他「賣可魯」。就像台語裡的「羅賴吧（螺絲起子）」一樣，雖然是日式發音的英語，卻有股濃濃台味，也像電影狗明星「可魯」，唸起來讓人感到親切、念念不忘；他的學習經歷，也同樣讓人難忘。

　　「賣可魯」在日本留學期間，與一個有兩大三小成員的日本家庭同住，白天他到關西外國語大學學日語，早晚都跟他的日本家人一起吃飯。許多人覺得半年後他一定能說一口

流利日語，但他寄宿家庭的爸媽卻跟我說，「賣可魯」剛到日本跟離開的時候，日文能力沒有太大差異，這到底是怎麼一回事？

Haruka 是一名日本大學生，她名字的漢字「春花」，用日文讀起來或許滿美的，但用中文唸起來「俗又有力」，充滿古早味，總讓懂中文的人印象深刻。

春花在幾乎完全不會中文的情況之下，來到台灣屏東的大學留學，平時住在宿舍。因為無力支付學費，所以無法上大學附設的華語中心課程，不會中文的她，只好上該大學日文系的正規課程。這樣的起步條件，讓人覺得她接下來半年學好中文的機會微乎其微，但兩個月後，春花就開始跟大家說中文了，一年後說中文還有了「屏東腔」。

如果留不留學，並不是學不學得會的原因，那麼「春花」學會中文和「賣可魯」沒有學會日文的關鍵，到底是什麼？

有人覺得留學未必是關鍵，學語言這種東西是講天分的。有天分的人不管怎麼學，都能學會新語言，沒天分的人就連一種都學不好。

再談到 M 和 F，他們兩個是我帶過的學生，也都透過

「沉浸式習得」的亞馬遜計畫,前往南美洲厄瓜多學習克丘亞(Quechua)語。

克丘亞語是印加帝國的古語,也是現在南美洲所有原住民語言中,使用人數最多的語言。關於克丘亞語的介紹,可以參考我第一本著作《這位台灣郎會說25種語言》。

M是普通的上班族,沒有顯赫學歷,念書考試更不是她的強項,英文程度也只能算是略懂略懂。她完全不會在南美洲求生必備的西班牙語,對此地認識也有限,這趟克丘亞語之旅看來凶險,勢必是一場人生硬仗。

F可說是跟M完全相反的人物,她被認為是「學語言有天分」的人,從小就覺得學英文不是什麼難事,說著一口流利英語,也擁有英語多益檢定最高級別的金色證書。西班牙語文系畢業的她,也考取西語DELE B2證書,學習克丘亞語對她來說,應該是小菜一碟。

然而,最後學會克丘亞語的是M,這又是為什麼?

再進一步思考,如果學語言真的講求天分,難道沒語言天分的人,就連母語都學不會嗎?

或許學語言沒有什麼絕對的方法,但若真是如此,我們又該如何解釋每個人都至少能學會自己的母語呢?

　　接下來，我們將一章接著一章逐步探索，解開上面兩個謎題，找出學會新語言的關鍵——「沉浸式習得」。

　　迫不及待想知道如何透過「沉浸式習得」新語言方法的朋友，可以直接跳到第二部「方法篇」，再回頭看第一部「觀念篇」，了解一切來龍去脈和蛛絲馬跡；不管三七二十一，想知道如何實際應用在工作、考試、教學、生活上的朋友，可以直接跳到第三部「實踐篇」，找到適合自己現況的部分來閱讀。

　　但這本書我最推薦的讀法，還是從一開始就跟隨語言學習界的前人，以及我五年前創立的「多國語言習得活動網 Polyglot.tw」成員們的腳步，一起按部就班探索學語言的祕密和樂趣。

　　現在，就讓我們一起認識並活用所有人都能學會新語言的「沉浸式習得」方法吧！

CH2
我們過去都用錯方法

　　每當我認識新朋友時，總會不自覺談到自己的語言學習生涯。新朋友一知道我學過至少25種語言，並且精通其中7種之後，最常問的問題就是：「什麼是學語言最好的方法？」我相信讀者對這個問題同樣深感好奇。在回答之前，我們先來看看世界上有那些學語言的方法。

一、傳統的語言課堂與教材：高中小學英文課

　　如果你跟我一樣是七年級生，小時候家人若沒先讓你上過兒童美語，那就是上了國中才開始學英文ABC。

　　學校大部分老師的教法，是先教每一課的單字和重要文法，有基礎之後，再唸課文，播放錄音帶或CD，最後以默背

課文作結。學習成果則用段考和小考衡量，最終目標是在升學考試得到高分。又因為升學不考口說，聽力也只占一小部分，因此學校沒有語言的實戰教學，也沒有真正的聽說訓練。

若你過去只在學校學英文，那麼我想請你問問自己，你現在可以很有自信地說英文和聽英文嗎？你能閱讀任何你想讀的英文書籍、寫出任何想寫的文章嗎？

我想大多數人的答案是否定的，甚至對英文避之唯恐不及。

這其實是很不合理的一件事，不合理的不是學生的學習能力，而是這整套學習方法是以考試評量為導向，來進行教學。

如果從國中開始，以每一學期有 18 週、每一週上 6 節英文課來計算，台灣學生一年就上了至少 200 小時的英文課；從國中到高中畢業為止，一年再乘以 6，就至少上了 1,200 小時的英文課；要是再加上兒童美語、補習班、寒暑修、第 8 節課和大一英文，以及現在小學的英文課，所有在台灣長大求學的人，都上了 2,000 小時或更長時數的英文課程。

若不計自修時間，上了 2,000 小時的英文課，到底該達到什麼程度才合理呢？根據美國外交訓練中心（Foreign Service Institute）的研究結果（參見下頁表格），對英語母

語人士來說最難學的「中文」，需要花上大約 2,200 小時的
學習時間，才可以達到「流利（S3R3）」程度。

　　所謂的「S3R3」程度，是指雖然無法跟母語人士一樣
流暢，但在使用語言來處理事情的能力上，已跟母語人士相
當，能夠閱讀專業書籍，也能以口語討論專業事項；換句話
說，就是已達到聽說讀寫都能隨心所欲的程度。

英語母語人士學新語言至流利程度（S3R3）所需平均時數

語言難度等級	學習時間	語言
難度1： 與英語密切相關的語言	23至24週 （575-600小時）	法語、義大利語、西班牙語
難度2： 與英語相似的語言	30週（750小時）	德語
難度3： 與英語在語言和／或文化上有差異的語言	36週（900小時）	印尼語、馬來語
難度4： 與英語在語言和／或文化上有明顯差異的語言	44週（1,100小時）	俄語、波蘭語、印度語
難度5： 對於英語母語人士來說特別困難的語言	88週（2,200小時）	華語（繁體／簡體中文）、阿拉伯語、韓語、日語

（資料摘自美國外交訓練中心）

　　若英語母語人士學中文要 2,200 小時，我們把這個研究反過來作為參考，就是中文母語人士學英語也需要 2,200 小時（實際上會更少，因為學習拉丁字母比辨識中文字簡單許多），我們都學了 2,000 小時的英文，應該要接近「S3R3」的程度才是。然而事實上，撇開那些有特殊境遇的學生不談，就算是班上英文自學第一名的學生，也都離「S3R3」的程度很遠，難道是我們中文母語人士比較沒有天分嗎？

　　大家別再責怪自己的學習能力了，真正的問題其實出在傳統語言教學法上，在考試升學制度的推波助瀾之下，讓我們浪費了 2,000 小時的生命。

　　我們在國高中英文課學的那套方法，是非常低效且無趣的，若你曾經怪自己不夠用功，所以英文才學不好，那麼從現在開始就停止責怪自己、忘記過去的錯誤學習經驗吧！這真的是 they 的錯。但從現在開始，你若不用正確的方法，就是 you 的錯了。

　　想用對方法，請先徹底忘掉過去！若你是正陷在教育體制中的學生或老師，想改變現況並自救，請看第 24 章。

　　最後，在語言教學的文獻上，我們還可以找到許多課堂式的教學法，像是著名語言教育家克拉申的「自然教學法」

（The Natural Appraoch），還有「TPR肢體回應教學法」
（Total Physical Response），或是科學上有爭議的「默示
法」（Suggestopedia）。這些新式課堂的教學法跟前述的傳
統課程比起來，成效確實好一些，但仍然無法讓所有人都學
會。這麼看來，關鍵似乎也不在於「怎麼教」。因此，研究
「第二語言學習」的專家學者理查和羅傑斯（J. C. Richards
and T. S. Rodgers），提出「教學法」的時代早就結束了。

　　若傳統的語言課堂無效，新式的課堂效果又很有限，那
麼我們該怎麼跳脫語言學習法的框架呢？

二、留學、遊學或交換學生

　　「想學語言，就到當地去學。只要出國念書，我們就能
學會當地語言。」

　　很多人可能都有這樣美好的想像：「我到英國、美國
去念語言學校、念個碩士學位回來，英文能力應該就會很不
錯。」但實際去了之後，大多數人發現英文未必會變得更
好。我身邊就有幾個友人常自嘲說：「雖然我留學英國，但
常常不好意思跟別人說我是留英的。」

如果「留學、遊學」本身不是關鍵，那關鍵到底是什麼？

三、到國外生活：移民、寄宿家庭、打工度假 或工作

如果留學、遊學不是百分之百讓人學好語言的方式，那我到國外生活，應該就有效了吧？

台灣是移民美國拿綠卡的大國之一，各位讀者遇到身邊的人或朋友的朋友有拿美國身分的機率，應該是滿高的。大家可以問問看這些有移民經驗的人，在美國住個20到30年，英文真的就會變超級好嗎？

我母親的兄弟姊妹，在成年後都選擇移民美國，30年過去了，很多親戚還是覺得英文很困難。如果跟美國人一起上下班，甚至在那邊念過書，都沒辦法讓英文變好，那到底還缺什麼呢？

另外，還有一種做法是去寄宿家庭，比如說到澳洲人的家裡住個一兩年，每天一起生活。這樣的做法看起來對孩童或青少年似乎有不錯的效果，但成年之後再去寄宿家庭，

好像就效果有限。那到底有用的是「寄宿」，還是其他因素呢？難道真的是因為「年紀」嗎？

　　打工度假或是出國工作，也是許多人到國外生活的方法，我自己也曾經到日本打工度假。赴日前，許多人都像我一樣，曾有過美好想像：「只要我去那邊生活，日文能力就會大躍進！」然而，一年、兩年過去了，雖然存到錢，也玩了不少，但語言能力的提升卻非常有限。難道工作上下班都不會用到當地語言嗎？

四、多語達人的學習法

　　《何處再有巴別塔》（*Babel No More*）一書作者麥可・埃拉德（Michael Erard）認為，我們可以跟「多語達人」請益，這些人肯定有一套有效的學習方法，才能精通這麼多語言。

　　「多語達人」專指一群畢生致力於學語言的人，它的英文「polyglot」這個字，源自希臘文的「poly」，有「很多」的意思；「glot」是「舌頭」的意思；有很多舌頭，就代表會很多語言。然而，不同於一般大眾對多語達人的想

像，他們並不是從小就有多語環境讓他們學語言，而是成年後才開始學多種語言；與其說他們是語言天才，不如去計算他們每天花多少時間在「玩」語言。

我自己本身也是20歲才開始進入「多語達人」行業，若對我個人語言學習故事有興趣的人，可以參考上一本著作《這位台灣郎會說25種語言》。

接下來，我要談談幾位認識的多語達人。

雖然沒有做過正式統計，但我認識的多語達人都是靠自學，而不是靠上課成就「多語偉業」。

首先介紹我的大學同學小蔡，他也是在20歲的時候開始立志成為多語達人。物理系畢業的他，並沒有選擇科技業的工作，而是到翻譯公司上班，雖然沒有電子新貴那樣令人稱羨的物質生活，但穩定的翻譯生涯，讓他有許多空閒時間享受學語言的樂趣。

七年級前段班的他，目前至少學過30種語言，其中大概有10種是比「S3R3」還精通的程度。認識他十多年，也沒聽他說有什麼神奇的方法，說穿了就是一個字「熱情」。一般人覺得很無聊的練習或是學習內容，他都能樂在其中，比如說，他學俄語時，非常自得其樂用俄語背誦馬克思教

條；學韓語時，每天定時收看北韓新聞節目，並做逐字聽寫，是這種熱情讓他成了多語達人。

「無國界譯師」也是我們大學時代的語言玩伴，他應該是台灣蒐集語言證照的金氏紀錄保持人，擁有超過15種各國語言高級證照，十多年來也學了20到30種語言。同樣地，與其說他有什麼神奇方法，不如說這些年他跟我和小蔡一樣，都在語言領域默默耕耘，在學習過程中找到我們自己的小確幸。

提姆是我這幾年才認識的朋友，他是九州產業大學教授。出生美國佛羅里達州的他現在60多歲，會說50多種語言，其中有20種達到流利程度，換句話說，他以每年學會一個語言的速度前進。提姆也認為學語言沒什麼神奇方法，也跟聰不聰明無關，但對成人學習者來說，最大的問題反而是性格和心態這些心理素質。他認為能夠像「文化變色龍」一樣，是能否學好語言的最關鍵因素。

在《何處再有巴別塔》一書中，作者麥可訪問了許多世界知名的多語達人，像是約翰‧凡德瓦勒（Johan Vandewalle）和亞歷山大‧阿格爾（Alexandre Arguelles）。麥可甚至向亞歷山大拜師，請他親自教授如何學語言的方

法。亞歷山大告訴他，「跟讀（shadowing）」和「抄寫」最有效，然而麥可實際嘗試之後，發現這個方法非常見仁見智，他本身就沒有太大感受。因此，這本研究多語達人的書，最後的結論是：「決定了方法，就一直學（stick with it），一直學就是方法。」

不管是語言還是運動，我們會很直覺地想向各行各業的達人學習，但這些佼佼者即使毫不保留地公開自己的獨門祕法，我們也真的照著執行，也不保證都會得到一樣的學習效果。像是 2006 年時，我曾在批踢踢法文討論版上，分享一篇名為〈一年精通法語，從 0 到「DALF C1」〉的文章。當時我覺得，如果大家都跟我用一樣的方式來學習，應該可以得到相同成果；現在回想起來，就覺得當年的自己實在太天真，也太不懂人情世故了。每個人成長的背景和個性都不同，小蔡和無國界譯師跟我的背景相似，或許能夠複製我的經驗，但背景和我差異很大的大多數人，並沒有辦法做到。

至此，我們已經探索了主要的四類語言學習方法，但沒有一個方式是 100% 有效，也沒有哪一個方式看起來是最好的，無法回答本書一開頭提到的問題「什麼是學語言最好的方法」。如此，不就沒有答案了嗎？

　　如果真的沒有100%有效的方法，那為什麼所有人都至少能學會自己的母語？為了找到那個真正對所有人有效的方法，我們必須換一套思維，打破既有的框架和觀念。

CH2 參考資料：

· 《何處再有巴別塔》（Babel No More，中文書名暫譯，Michael Erard, 2012, Free Press）。

· 理查和羅傑斯，J. C. Richards and T. S. Rodgers. 2004. Approaches and Methods in Language Teaching. P.244.

· 批踢踢法文討論版，〈一年精通法語，從0到「DALF C1」〉：
https://www.ptt.cc/man/Francais/DD50/D677/D655/M.1228506733.A.01A.html

· 多語達人亞歷山大・阿格爾個人網站 https://foreignlanguageexpertise.com/

· 多語達人提姆・凱利（Tim Keeley）專訪線上聽：
https://actualfluency.com/100-tim-keeley-around-world-40-languages/

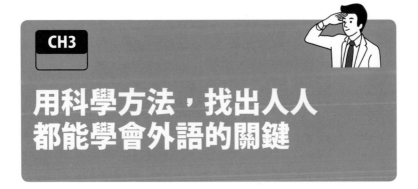

用科學方法，找出人人都能學會外語的關鍵

　　大家都知道，如果用好的方法來做一件事，就能事半功倍。讀到這邊，你可能已經迫不及待地想知道學語言的「好方法」，但在此之前，我想先跟大家分享「如何找到有效方法」的方法，也就是我們耳熟能詳的「科學方法」。

找到一體適用的學語言科學方法

　　「英雄聯盟」是近十年來最流行的電競遊戲之一。遊戲裡有一個海盜角色剛普朗克，他能使用一種名為「治療壞血病」的特殊招式。這一招在英雄聯盟裡特別顯眼，因為其他角色的招數名稱都非常怪力亂神，像「腐敗箭雨」或「魔法水晶箭」之類的，只有「治療壞血病」帶有濃濃科學味。

　　這款由美國人設計的遊戲，為什麼把壞血病放到遊戲中呢？這是因為壞血病在西方歷史脈絡中，有其特殊意義和象徵，能治療壞血病就像擁有神力一樣，能拯救成千上萬人。

　　15世紀末期，歐洲進入大航海時代，不知道為什麼，人們發現長距離航行的水手都會染上一種怪病，得病的人個性會變得乖戾，終日倦怠嗜睡；情況日漸惡化下，開始呼吸困難，骨頭發疼，牙齦出血，若有傷口則難以癒合，最後會在水腫、黃疸和抽搐中死去。根據記載，若當時你真的在麥哲倫船上繞行地球一圈，就有高達90%的機率死於此惡疾（230名水手當中有208人因此死亡）。西元1500至1800年間，估計就有200萬名水手死亡。

　　這種怪病就是壞血病，現代人都知道，嚴格說來這根本不算是「病」，只是飲食缺乏維他命C造成的營養失調，只要吃檸檬或是柳橙這類富含維他命C的食物，即可預防。但為了找到這樣的「常識」，人類卻花了將近300年時間，也就是到了18世紀末才出現治療曙光，這究竟是為什麼呢？

　　這事說來也奇怪，我們以為15世紀歐洲掀起科學革命之後，至少知識分子都有「假說—預測—對照實驗」這樣的基本科學觀念，但數百年來，一直都沒有人從科學角度去研

究治療壞血病的方法。比如說，若有 n 種可能有效的食物或藥方，那就把有壞血病的水手分成 n 組，每一組人只食用某一種可能的食物或解藥，就算無法找到導致壞血病的確切原因，至少能找到解藥。然而，直到 300 年後的 18 世紀，英國軍醫詹姆士‧林德（James Lind）才萃取出更多檸檬汁內的有效成分。他做了第一個壞血病的對照實驗，找來坊間 6 種傳說有效的藥方，包括檸檬汁、稀釋硫酸和海水等食物和藥品，分別給 6 組不同的水手服用，發現只有喝下檸檬汁的那一組沒有發生壞血病，而且得了壞血病的水手喝檸檬汁後也能痊癒。

然而，林德因為無法用當時的醫學理論解釋這一切，之後又「多此一舉」認為「加熱濃縮」可以做出比現榨檸檬汁更方便的解藥，殊不知這樣就破壞了檸檬汁裡的維生素 C。他大量製造「加熱濃縮檸檬汁」給水手飲用後，卻起不了任何治療和防治壞血病的效果，他因此很不幸地在死前推翻了自己的說法，認為檸檬汁對治療壞血病是無效的。

一直到 18 世紀，知名庫克船長航行地球一周時，測試了各種不同的食物和藥品對壞血病的效果，並在沒有任何一個水手得壞血病的情況下，成功繞地球一周。可惜的是，因

為沒有妥善控制實驗變因（飲食），無法辨別到底吃什麼有用、又吃什麼沒用，但這趟零壞血病的航程讓人們燃起了治療的希望。

終於在18世紀末，人們確立柑橘類水果和新鮮食物與壞血病之間的關聯，但還要等到20世紀才確定維他命C和壞血病的關聯，這300年來造成數百萬水手死亡的壞血病謎團，才算是完全解開。

如今，我們可以百分之百確定，只要攝取足夠維他命C，就不會得壞血病。這不會因為我跟你個性不同或出生背景不同，而有所差異，因為我和你都是人類，我們的身體裡的基礎生化機制都是一樣的。

同樣地，語言是人類的本能，所有人的語言本能就像體內的生化機制一樣，基本上都是相同的。只要我們用跟上述一樣的對照法，找出百分之百讓人能夠學會語言的「方法（解藥）」並加以研究，就能找出關鍵因素。

我們如何學會母語

上一章介紹許多語言學習與教學方法，但都沒有任何

一種做法，保證一定能學會新語言。如果不是100％能夠學會，就代表這種方法並不適合所有人，也不是真正學語言的關鍵，即使再怎麼加以鑽研，也無法研究出個所以然。

在上一章最後也提到，只有「學母語」有100％的成功率。學母語的過程也是固定的，而且只要仔細研究，經過不斷觀察，就能找出對人人都有效的學習要素與條件。

我們大人對各國語言都有一定想像，或說是刻板印象，比如說法語比較浪漫、德語很難、俄語文法超難、西班牙文打舌音根本發不出來等，但無論你覺得哪種語言較難還是簡單，全世界的人學母語的過程和花費的時間，都是相仿的。

假設你覺得英文比俄文簡單，那英格蘭小孩學他們的母語英語，應該會比較輕鬆，俄羅斯小孩學他們的母語俄語，就會花比較多時間；但事實上，俄羅斯小孩並沒有覺得俄語比較難，他和英格蘭小孩學會自己母語所花的時間不相上下，全世界小孩掌握語言的歷程也大致相仿。

我們可以從學母語的歷程中，找出學新語言的關鍵嗎？以下我綜合兒童教育專家薩克斯頓（M. Saxton）和羅蘭德（C. Rowland）的孩童語言習得觀點，整理出小孩學母語的大致歷程：

・出生至3個月

　　這段期間是小孩學母語的準備期，這時候他們會哭叫，並且發出非語言的聲音，但還沒有辦法發出母語，語言學家把這種嬰孩玩嘴巴發聲的階段叫做「牙牙學語」（babbling）。看起來這段時間嬰兒好像沒有在學語言，但其實他們還在媽媽子宮裡的時候，就開始在學習了。根據研究，住在子宮裡最後2到3個月時，嬰兒開始認識母語的旋律，出生的時候就能從一堆不同的語言中辨別出母語的特色，大概到3個月大時，能聽出句子內單字排列的變化。簡而言之，孩童的語言習得從未出生就開始了。

・3個月到12個月

　　嬰兒會持續「babbling」並開始模仿母語的母音特性，並開始培養出偏好母語的傾向。在這段期間，若僅從外部觀察小孩「會做什麼」，容易得出小孩可能沒在學語言的結論，但小孩其實透過家人之間的對話，或是與家人做非語言互動來建構語言。例如小孩在6到12個月之間，會開始認出母語的抑揚頓挫或是重音位置，也能辨別出母語特有的「子母音排列規則」（phonotactics）。整體而言，小孩學語言的

過程就是從語言的大單位到小單位（反之成人被教導要從小單位到大單位），也就是「全體到部分」的概念，這是「恬恬吃三碗公」的階段。

・12到18個月

這是嬰兒牙牙學語的里程碑，對於容易焦急的父母而言，終於可以看到嬰兒語言習得明顯的進程，1歲大左右的小孩從玩嘴巴進展到能說出單字的階段，雖然發音還不是很標準，但已可以用他能說的單字回應你。這時期嬰兒會說的單字雖然看似很少，但他們能理解的單字或句子已經超過100個。

・18到24個月

這段時間的嬰孩，會完成他們母語習得的第一階段，進入所謂「學會說話」的時期。

18個月大左右的孩童，會開始說出超過一個單字的片語或是句子，也能理解更複雜的句子和生活情景。

這個階段還有一個有趣現象，叫做「語意過度延伸」（overextension），意思是過度放大單字的意思或詮釋的

範圍，這很常發生在小孩和動物的互動之上。我有個朋友家裡有一隻貓叫「Tiffany」，因為家人叫貓的時候都叫「Tiffany」，所以小孩之後不管去那裡，看到貓他都會指著說「Tiffany」。相信各位讀者過去一定都有類似經驗和觀察，甚至你和你的親密愛人或是家人之間的「通關密語」，這些都是語意過度延伸的表現。

　　到 24 個月左右的時候，孩童已經能說出 200 到 300 個字，也能說出未必完全正確，但有文法、結構的句子。這時候的話語特色，一言以蔽之，就是「家人能聽得懂，但陌生人聽不太懂」。總而言之，我們一般會用 2 歲當作小孩學會說話的平均年齡。

·24到36個月

　　進入了孩童的語言爆發期，不只能聽能說，孩童更以每天吸收 1.6 到 2 個單字的速度，急速擴充他們的字彙資料庫。句子的完整度和文法正確性不斷提升，發音也越來越像大人，比起擔心孩子不會說話，家長反而會擔心孩子干擾到周圍的人。

・36 到 60 個月

　　是孩童語言發展的完成期，到五歲大左右，大概能使用
2,200 個單字，並認識 6,000 個以上的單字，繼續以每天 3 到
4 個單字的速度成長。這時候小孩雖然還沒上學，也還不識
字，也不知道社會規範或抽象詞彙，但聽說和語法能力已
經 99.99% 跟成人一樣了。

　　以上是假設小孩只有單一母語，如果小孩有兩種以上
的母語，那情況會不會不同呢？雙母語小孩是否要花兩倍以
上時間習得呢？答案是「不會」。根據《雙語優勢》（*The
Bilingual Edge*）這本書的資料顯示，即使小孩有兩種以上的
母語，學會語言的時間和過程並不會有根本性的變化，2 歲
會說話、5 歲取得完整語言能力的時程，並不會因此改變。
更多關於多語習得內容將留待第 22 章詳述。

　　若我不用天數，而是更精確地用小時來計算的話，小孩
到了 2 歲這個會說話的時期，大概花了 1,000 到 2,000 小時來
接觸語言，到達 5 歲這個語言習得完成期，則累積了 5,000
到 6,000 小時，到 10 歲更已經累積了至少 10,000 小時。

　　如果我們不考慮其他像是環境、年齡、個人特質等因
素，可以粗略地透過小孩學語言所需要的時間，來計算我們

學會新語言的時間，也就是說，假設我們都跟小孩用一樣的方法，並在同樣的條件下學習，我們最少只要花 1,000 小時，就能達到「大概都能聽懂、大概都會說」的 2 歲小孩程度；若再另外投資 5,000 小時的話，則可能達到流利程度；要真的學到跟母語人士一樣精通，大概需要 10,000 小時。

　　那麼，小孩學母語的條件和方法到底是什麼？下一章將仔細探討。

CH3 參考資料：

・薩克斯頓和羅蘭德：Saxton. 2018. *Child Language: Acquisition and Development.* Sage Publications.
Rowland. 2013. *Understanding Child Language Acquisition.* Routledge.

・《雙語優勢》，Kendall and A. Mackey. 2007. *The Bilingual Edge.* HarperCollins Publishers Inc.。

・小孩習得語言所需時數：R.K.Moore. 2003. *A Comparison of the Data Requirements of Automatic Speech Recognition Systems and Human Listeners.* Proc. EUROSPEECH'03, Geneva, pp. 2582-2584.

CH4

地表最強語言習得法：
小孩子的方法

　　上一章我們快速了解科學方法和學母語的過程，發現用這套「小孩子的方法」學語言，不只保證人人有效，而且效果極佳。最多1,000小時，就能掌握語言基礎，2,000小時即能達到精通程度（S3R3），5,000小時便能接近母語人士！

　　只要我們掌握以下四大要點，也就是跟小孩學母語一樣的方法，就可以複製這樣驚人的結果！

有愛的環境：眞心的互動與溝通

　　不管是語言學家還是一般人，我們很容易把小孩子學語言的方法簡化成「環境」或是「輸入（input）」，主張「有環境」就是「有大量輸入」。有大量輸入就能學會語言，好

像只要有幾個人在你旁邊一直講話，就可以有效學習。

　　事實上，環境的因素非常複雜，也不是拚命輸入就能學會這麼簡單。如果只需要一直輸入，那我們是不是只要給小孩子一直看電視，或是聽有聲書、Podcast，小孩就會自動學會語言呢？上一章介紹的《雙語優勢》一書就提到，經過科學家多次研究，得到的答案都是否定的，看電視對大人或青少年在特定條件下才有效。

　　怎樣才叫有效的環境？

　　這裡所謂的「環境」，也不是跟一群與你沒有關係的人相處在一起就叫環境，因此關鍵不只是環境與輸入，而是「有愛的環境」。父母、家人與孩子的互動是有感情的，彼此之間也是有關係的，天下沒有任何身心正常的父母，會把自己當成一台「語言播放器」，而是不斷嘗試用各種不同方法跟孩子溝通。

　　無論孩子還會不會開口講話，發音或文法是否正確，父母都不會放棄孩子、對他說：「哎呀，你怎麼都學不會？」家人總是用「加法式學習法」在鼓勵孩子，說：「今天會說兩個字了，好棒！」而不是：「什麼，已經學 6 個月了，才只會說兩個字。」

在這樣不離不棄、不斷使用語言和非語言溝通的過程中，才造就了真正的「有效輸入」，帶有感情的真心互動與溝通，才是有效的環境。

若我們要在環境上跟小孩子用一樣的方式高效學語言，就不能只是建立聽得到或是能說外語的環境，這個環境內的聽說互動，必須是有真情和真心的。也就是你對他真心、他也對你真心，你們使用語言是為了更了解彼此、交流情感；你們也對彼此有愛心、耐心，無論是你詞不達意，或是他無法讓你理解，你們都不會放棄或生氣，也不會因為時間到了你們就分開了。

在研究小孩子學母語的環境時也會發現，為什麼許多人花大錢找外語老師，或是找語言交換刻意聊天，效果卻十分有限。因為你們不知道要說什麼，彼此也缺乏真心的情感交流。唯有雙方都打開心扉，共同營造出有愛的環境，語言習得才會發生。

打開心扉：接受一切、嘗試一切

那麼要如何打開心扉？

　　我們可以想像一下，小孩從 0 歲到 5 歲之間，雖然非常
有效率地學語言，但在 5 歲之前，幾乎都處在天天說、天
天錯的階段。小孩牙牙學語的發音不但不標準，對字彙意
思的掌握能力也有限，容易發生語意過度延伸的有趣現象
（看到其他的貓，也會對牠喊著自己家裡貓咪的名字）；
文法使用上也有很大瑕疵，會過度普遍化文法規則（over
generalization，下一段會進一步解釋）。一來是因為他們根
本不知道什麼是對、什麼是錯，二來是就算偶爾父母糾正，
或是露出不可思議的表情，他們往往也不以為意，更不會感
到羞恥、自責或是焦慮。除了有無上恥力，小孩也不會自我
設限，對一切事物都保有好奇心，好奇心旺盛的他們學什麼
都很有效率。

　　面對一切新事物都能打開心扉，正是小孩學語言的第二
招，我們大人若也想高效學語言，將大腦和心靈改革成像小
孩子一般，絕對是必要的。

用語言而不是學語言：
語言只是認識世界的工具，而非目的

　　小孩並不是用「學語言」的角度在看待新語言，而是在「用語言」的過程當中越來越上手。

　　對孩子而言，語言是跟家人溝通的工具，也是認識這個嶄新世界的媒介。小孩學母語不但沒有老師，也不需要糾正，更沒有考試、背單字，也不默寫、學文法，從大人的角度來看，這是一件很驚人又不可思議的事。任何一種語言的發音和文法都異常複雜，在沒有任何教學講解的情況之下，他們如何在5歲就能達到99.99%跟成人一樣的語言完整度呢？

　　很多人直覺認為母語是父母教的，或是很詩意的想像是母親教的才叫做「母語」。事實上，大多數父母都不會刻意或有系統地糾正小孩的用語，若小孩講出奇怪的話，也頂多再把正確的話講一次，但就如《雙語優勢》一書的觀點所示，這些導正方法對小孩學語言的影響幾乎微乎其微。

　　上一章我們看到小孩5歲時已經學會6,000多個單字，這當然不是靠背單字或是寫習題學來的，畢竟他們根本不識字，怎麼背單字？小孩主要是靠不斷的對話和與家人的互動

中學習新詞彙，若家長陪孩子看繪本或花更長的時間對話，小孩累積的單字量會更快更多。

最後，最耐人尋味的莫過於小孩學會語法，也就是什麼是對的句子，什麼是錯的句子的過程。

本章提到，小孩學語言過程有一個很大的瑕疵叫做「過度普遍化文法規則」，什麼是過度普遍化呢？比方說，你一開始學英文時，發現大部分的複數都在字尾加-s，你就以為所有英文單字的複數都應該在字尾加-s；直到某一天，你發現有「moose-moose」（麋鹿）和「man-men」（男人）、「woman-women」（女人），你才終於了解到不是這麼一回事；也有可能你知道大部分的英文過去式都是加-ed，你就覺得所有過去式都要加-ed，之後才發現原來還有「fly-flew-flown」（飛）的變化形。

身為大人，因為你有思辨能力，所以可以用分析語言的方式去學習「複數規則」，但5歲之前的小孩還沒有這種能力，更不可能跟他解說這是名詞、動詞和形容詞或是過去分詞。

以美國小孩為例，他們究竟是怎麼知道「go」（走）的過去式是「went」，而過去分詞是「gone」？在暢銷書《語言本能》當中就有談到這項研究：小孩在2歲前就會正確的

使用「Lara did it」（Lara 做了這件事——過去式）或是「I don't like men」（我不喜歡男人——複數）等含有正確時態與複數規則的句子。然而，大概從 2 歲開始，他們也會不時說出「Lara doed it」和「I don't like mans」這類文法錯誤、令人意外的句子。這樣的情況會一直持續到 5 歲左右，才會回復到 2 歲前正確使用不規則型態的文法，研究人員把這種現象命名為「U 型學習曲線」（U-shaped learning curve）。

　　從以上例子可以看出，小孩不管學單字還是語法，都不是靠記憶背誦，也不是靠分析理解，這說明了為什麼「智商」「天資」或是「天分」跟學語言沒有關係。無論高矮胖瘦、膚色、性向還是智力，任何孩子只要能在「有愛的環境」下成長，就會依照固定模式發展語言能力，不需旁人操心，時間到了，一切自然水到渠成。

多語習得：
兵來將擋、水來土掩，有什麼語言我就學什麼

　　大多數人覺得學習超過一種語言，貪多就會嚼不爛，樣樣通反而樣樣鬆，因此普遍有一種害怕接觸的反射性抵抗和

不信任感。

　　根據《雙語優勢》的觀點，無論針對大人或是小孩的研究都顯示，多學一種語言並不會讓學習效率變差，還可能學得更好。比方說在美國，使用西班牙語和英語雙語小孩的英文，不會比只說英文的小孩差，甚至在很多情況下都表現更好。

　　這是因為小孩不會排斥學習新語言，反而會把環境裡接觸到的所有語言，像遊戲般學起來，這種開放的態度，也是他們高效學語言的原因之一。

　　有許多人認為，小孩能用上述方式學會語言的根本原因，是因他們有一顆跟大人不一樣的神奇大腦，如果沒有這顆大腦，上述這些方法也不會有用，事實真是如此嗎？

　　下一章，我們將從小孩和大人的差異談起，進入沉浸式習得的世界。

CH4 參考資料：

· 《語言本能》，Steven Pinker. 1995. *The Language Instinct*. Perennial.

CH5

自然「沉浸」，自己「習得」！像孩子學母語一樣學外語

　　上一章得知了小孩地表最強語言習得法的四大要點，分別是「有愛的環境」「打開心扉」「用語言而不是學語言」和「多語習得」，但最後也提出一個疑問：這種地表最強語言習得法是否只適合孩童，青少年和大人就沒辦法再這樣學習？

　　我們會有這種大人不行但只有小孩可以的直覺，主要來自一個稱作「黃金期」的信仰：許多人認為小孩的大腦比較厲害，學語言比較快又有效率，甚至認為超過某個歲數就沒有辦法學語言；也有人認為，因為成人的大腦已經沒有辦法「自動吸收」語言，所以一定要上課，用分析理解的方式學習。

　　關於這些論點，我們都會在本章一一驗證。

學語言有黃金期嗎？

　　貓奴之間都有一個都市傳說，那就是貓的口味有「黃金期」，她們愛吃什麼或是不愛吃什麼，小時候就決定了。比方說，如果你家的貓咪小時候就習慣吃人類的食物，等牠長大後也會吃人類的食物；如果你硬要牠吃小時候沒吃過的東西，很可能一口都不吃，這種口味養成也算是「黃金期」的概念。

　　「黃金期」是一種俗稱，在科學研究上稱之為「臨界期」（critical period），最嚴格的定義是，如果一件事情過了某個時間點，就再也不會發生或再也沒辦法學會。

　　除了語言之外，科學上關於視覺的臨界期研究也是有名的例子。哺乳動物中的貓、猴子和人類等，都有類似的視覺器官和發展過程，像是這幾種動物剛出生的時候，都沒有視力，周圍的事物只是模糊的存在。以人類為例，幼兒要到4個月大左右才能認父母的臉。

　　為了闡明視覺發展的過程，科學家曾將剛出生的貓咪眼皮縫起來，進行名為「視覺剝奪」（visual deprivation）的實驗，若一隻貓咪在1歲之前都處在眼皮被縫起來的狀態，

即使滿1歲後把眼皮上的針線拆開，給他半年的時間過正常生活，牠仍沒有辦法發展出視覺。這說明了視覺發展有黃金期，一旦過了發展期就再也來不及了，這就是「臨界期」最嚴格的定義。

語言跟視覺一樣，是一種人類與生俱來的能力，如果是本能，那應該也有所謂的黃金期，但這個問題該如何驗證呢？對動物做實驗都有嚴重道德問題，何況是對人，總不能為了做語言黃金期的實驗，把剛出生的嬰兒隔離起來，不讓他跟任何人接觸，看幾年後他有沒有辦法學語言。

雖然隔離實驗的方法聽來荒謬，但歷史上似乎真有人這麼做過；希羅多德在他所著述的世界第一本史學書《歷史》當中記載，古埃及曾有一位法老王薩瑪提庫斯（Psammaticus），為了求證嬰兒最先學會的語言是什麼，就真的把嬰兒隔離起來，命令僕人只能餵嬰兒食物，不能跟他有任何互動。據說，最後嬰兒發出了某個聲音，法老認為這是上古時代某個語言的聲音，敗興地宣稱古埃及文不是世界上第一個語言。

即使再怎麼有科學依據，法老王這種拿嬰兒來做實驗的方法依舊不可取。此路雖然不可行，科學家卻發現另一扇窗。

　　首先，歷史上有許多在叢林跟動物一起長大的小孩，他們跟人類社會接觸後，是否能學會語言，可當作黃金期研究的參考資料；另外，更有研究意義的是家庭暴力的個案，有一些孩童從小被家長囚禁在家，且禁止跟任何人互動，他們長大之後才有機會回歸社會，接受復健治療。這些受虐兒的故事非常令人痛心，但他們復健的過程卻也提供了寶貴的研究資料，美國的吉尼（Genie）就是一個最具代表性的個案。

　　吉尼在 13 歲之前，都被精神異常的父母關在家裡，只餵她吃飯，卻不跟她溝通，也不跟她有任何互動。被救出之後，她進入醫院的復健中心接受治療，經過 2 年的努力，科學家發現她仍然沒有辦法像正常人一樣習得語言，語言能力有重大缺陷。

　　其他和吉尼相似的例子都告訴我們一個重要訊息，那就是：**習得語言是有黃金期的，然而，這個黃金期是指你學習「第一個語言」時**。也就是說，假如你小時候沒有學過任何一個語言，沒能發展出相關的能力，長大後就沒有機會學好語言了，這跟貓的視覺發展如出一轍。

長大後才學外語，
就沒辦法學得跟母語人士一樣好嗎？

　　第一個語言有黃金期，那麼第二種或第三種語言，也有黃金期嗎？我們太晚才開始學第二語言，就沒有辦法學好了嗎？

　　以我的多語達人朋友九州產業大學教授提姆的名言來形容，「臨界期假說就是一團排泄物」（The critical period hypothesis is bunch of crap）。

　　事實上，學術界也越來越少用「臨界期」這個詞，而改用「敏感期」，這是因為過去40年來的研究發現，不管幾歲都能習得第二語言，並沒有「完全喪失能力」這回事。最多只能說成人的大腦吸收能力，可能比小孩差一點，而且小孩真正有優勢的，可能只有發音。

　　此外，從學習法的角度來看，因為大人能夠像小孩一樣學語言，大人不一定要用分析理解（學文法）的方式才能學會語言，事實上，學好語言也未必跟學文法有關，用類似小孩子的自然方法，反而有更好的效果。關於學文法的議題，詳細請看第15章，或可參考克拉申教授的相關著作。

關於「臨界期」，學術界另一個熱議的問題是：「我知道就算不是小孩也可以學會新語言，但能夠學得跟母語人士一樣好、發音完全一樣嗎？」

無論是強森和紐波特（Jacqueline Johnson, Elissa Newport）在 1980 年代的經典研究，或是博得尚（David Birdsong）等專家學者的研究結果，都可以清楚看到：**20 多歲才開始學外語的人，一樣有可能達到母語人士的語言水準，並沒有「長大後才學，就沒辦法學得跟母語人士一樣好」這回事。**

我自己本身就認識幾位長大才學日語的人，而他們語言程度之好，無論到什麼場合發言，都沒有人發現他們不是日本人。像是我的朋友阿彭，他大概 20 歲才開始學日語，我請他來為我的沉浸式學員做一場日文演說。阿彭那時大概已學了 10 年左右的日語，我請他來演講時，特別要求他假裝自己是日本人，先取一個日本假名，人生故事也編得像個普通日本上班族。在場學員除了有台灣人，也有日本人，演講時間總共 30 分鐘，加上與學員互動長達 1 小時，等到活動結束後，我才告訴大家，阿彭其實不是日本人，全場沒有一個人相信。

然而，就算我們沒有辦法學得跟阿彭一樣好，那又如何呢？為什麼我們一定要學到跟母語人士一樣好，才算學會？

如果你也有這樣的想法，我想你必須問問自己，你學語言的目的是什麼？如果你只想著要學到跟母語人士一模一樣，你會學得很痛苦，也會很不快樂。

至此，學語言的關鍵和問題已經很明確了，成人覺得學語言比較難，不是黃金期的問題，成人跟小孩在習得語言的方式上，也沒有太大不同，真正的問題是沒有用符合地表最強語言習得法的方式去學語言。

那麼，即然都知道關鍵在哪兒了，為什麼大家不早一點開始用地表最強語言習得法學外語呢？這就必須談到過去因為科技和大環境對我們的限制。

成人學語言的障礙

第一個問題是，無法建造有愛的環境。

無論是出國深造，還是在國內學語言，要建立一個有愛的環境都是很困難的。

以英文來說，在台灣生活的我們要如何結交新朋友，建

立一個天天都能使用英文的生活圈？

又，這些新朋友裡，有多少人能像父母一樣，在我們還「牙牙學語」說英文時，對我們不離不棄？

就算到國外留學或是定居，還是會面臨一樣的問題，如果沒有「有愛的環境」，那在國內跟在國外，其實是一樣的。

我在美國堪薩斯州讀研究所時，班上 11 個同學，只有 3 個美國人，而且他們都神龍見首不見尾，一下課就神隱，若我沒有自己開發其他生活圈，根本就不能在有愛的環境學英文；此外，大多數研究生都非常忙碌，論文和實驗就已經夠讓人焦頭爛額了，怎麼可能還有毅力跟時間去創造有愛的環境。

因此我認為，如果你出國留學的主要目的是學英文，那麼去念研究所，還不如去念大學部或是高中，這是因為大學部和高中的課程和環境能提供較多和母語人士互動的機會，有互動就會培養出真感情，也會逐漸建立整天能使用英文做有意義交流的生活圈。

第二個問題，是成年人不像小孩一樣打開心扉，充滿好奇心。每個人都有性格上的弱點，害羞也好、恥力不夠也

好，或是自信心不足也罷，我們就是有那麼多心理糾結，讓我們沒辦法像小孩一樣保持開放的心胸，接觸新事物與人群，進而創造有愛的環境。

這種心理障礙，就是本書一開始提到的英國大學生「賣可魯」Michael，他去日本留學時所持的心態。他雖然住在寄宿家庭這樣有愛的環境，但他總覺得自己不太會日語，所以不好意思跟別人溝通或是玩在一起，把自己關在房間裡猛念日語課本，不斷想說：「唉呀，我的日語好差啊，要趕快學好，才能出房門跟我的寄宿家庭說話。」

「賣可魯」一直到半年後離開寄宿家庭前，都是這麼想的，結果他的寄宿家庭跟我說，賣可魯來的時候跟走的時候，日文能力沒有太大的差異。

第三個問題，是大多數成年人沒有脫離外語教學的信心，總是「為了學而學」，而不是把語言當作一個溝通工具和認識世界的媒介，去「使用語言」。我們害怕沒有老師教單字文法，也害怕沒有人幫我們糾錯訂正，於是去上很多語言課、補習，在傳統課程的荼毒下，讓我們更害怕去說、去講、去寫，更不用說去面對外國人，造成惡性循環。

最後是多語習得的問題，成年人總是害怕學太多，但上

一章我們已經知道，多學一種語言並不會讓我們學不好，有時反而是一種學習新事物的助力。

跟母語習得一樣有效：沉浸式語言習得法

那麼，我們到底該如何克服對於多學一種語言的恐懼呢？

從上述問題可以得知，成人學語言的障礙與小孩學語言的方式正好相反；如果我們可以解決這些問題，**建立有愛的環境，並把自己的身心調整得跟小孩一樣，就能用地表最強語言習得法學語言。**

我把解決這四個問題的方法命名為「沉浸式習得」，這就是跟母語習得一樣的地表最強語言習得法。

記得我們一開始提到的「春花」Haruka 嗎？她短短兩個月掌握中文的關鍵，就是「沉浸式習得」。

首先，因為從小家裡就有接待外國人的習慣，春花接受多語習得的觀念，也習慣跟外國人相處，有機會學台語的時候，她就會用開放的心態學個一兩句。

再者，春花沒有去華語中心上課，完全自主學習，她把

中文當作認識台灣、跟台灣朋友往來的社交工具，不把中文當成學科來學習。

　　她的心胸十分開放，不害怕也不害羞，願意接受各種挑戰。在她剛來台灣的時候，我曾邀請她到我演講的會場用中文分享，她完全沒有抗拒，反而是我很驚訝地問她：「妳還不會說中文，那妳要講什麼？」她一副若無其事地說：「喔，我等一下請朋友教我講我想講的，簡單幾句就好，再幫我錄下來，我不斷重複跟述，明天就會講啦！」

　　最後，她在台灣真的非常積極地交朋友，建立她的有愛環境，兩個月就學會中文日常對話，真的不誇張。

　　像春花這樣的例子還有很多。例如，有一個叫做烏恩比（Umbi）的義大利男生，他用交換學生的方式到日本留學，他住的寄宿家庭跟「賣可魯」是同一個，烏恩比剛到日本時也不會說日文，也就是說兩人的起始條件是差不多的。但烏恩比和「賣可魯」的做法非常不同，他並不覺得不會日文就不能跟日本家人一起聊天、吃飯或玩樂，他反而積極跟家人相處，只要在家的時間都在客廳。

　　這個有愛的家庭當然也非常有耐心，不會因為烏恩比還不太會日語，就不跟他溝通，或是因為他講出沒禮貌的話就

生氣。他的寄宿媽媽跟我說，有一次烏恩比要喝茶時，只講了「cha kudasai」（給我茶），而不是說「o cha kudasai」（請給我茶），聽在日本人耳裡非常沒禮貌又刺耳，在外面可能會被人白眼，即使像他寄宿媽媽這麼有經驗的人，都會反射性地感到不悅。但因為寄宿媽媽真的很有經驗，也理解外國人學語言過程的點點滴滴，所以特別用更多耐心和愛心來看待；她的不悅只有一瞬間，負面情緒立刻轉為好奇心，想知道烏恩比到底從哪裡學來這說法。原來是寄宿媽媽的小兒子在家一直都是這麼說，媽媽對自己兒子的直言不以為意，烏恩比就這樣有樣學樣了。

　　至此，第一部已結束，感謝大家耐心看到這裡，接下來我們將進入第二部，告訴大家「沉浸式習得」具體確切的執行方法。

CH5參考資料：

・第二外語的黃金期，David Birdsong. 1999. *Age and L2A: An Overview.* http://faculty.washington.edu/losterho/AgeL2AOverview.pdf

・強森和紐波特，Jacqueline S. Johnson, Elissa L. Newport. 1989. *Critical period effects in second language learning: The influence of maturational state on the acquisition of English as a second language.* American Psychological Association.

・語言習得與文法，S. Krashen and T. Tyrell. 1990. *The Natural Approach: Language Acquisition in the Classroom.* Janus Book Publication.

・日本九州產業大學教授提姆發言：http://www.bbc.com/future/story/20150528-how-to-learn-30-languages

第二部

學外語就像學母語

——方法篇

CH6

走出教室，
沉浸在社會型外語環境

　　就像「黃金期」一樣，「沉浸式習得」在當今社會被廣泛使用，從游泳的沉浸式教學到音樂的沉浸式教學，皆有所聞。

　　我們有必要好好看待這個來自英語「immersion」一詞的意義。用全英文教學，就是沉浸式教學了嗎？怎樣才算符合沉浸式的條件呢？孔子說過「名不正，則言不順」，寫到這邊，我認為有必要整理沉浸式的相關名詞和發展歷史，讓讀者對此有更清楚的概念。

沉浸式習得的歷史

　　根據黛安娜（Diane J. Tedick）和塔拉（Tara Williams

Fortune）的研究，「沉浸式」這個詞源自1960年代加拿大魁北克蒙特婁的市郊，一群英語為母語的家長認為，將來魁北克省的發展趨勢會越來越強調英法雙語，有感於傳統法語教學的不足，便自發性地組織團體，尋求專家意見，共同創造出一種全法語教學的課程。

　　一開始他們把這種方法稱作「語言泡湯」（language bath），但名字實在太口語，無法給人嚴謹精緻的形象，因此改名為「語言沉浸」（language immersion），又因為目標學習語言是法語，所以就定名為「法語沉浸式計畫」（French immersion program）。

　　當年參加這個計畫的都是小學一年級、母語為英語的孩子，他們當中有些人會一點法語，有些人是完全不會，但不管會不會法語，他們一直到小學三年級，所有的課都是用法語教學，用法語學科學，也用法語學算數。三年下來，所有小孩都成功掌握法語，升到高年級之後改採英法雙語教學，一半的科目用英文上、一半的科目用法文上。

　　這個最早的沉浸式習得計畫非常成功，也奠定了沉浸式習得的基石，成為之後其他沉浸式習得仿效的對象。可惜的是，根據網路資料顯示，這所沉浸式學校瑪格麗特潘德寶麗

小學（Margaret Pendlebury Elementary School）已經廢校，
想要朝聖的人似乎沒有機會了。

　　這個法語沉浸式計畫叫做「單向（one-way）沉浸
式」，因為所有學生都用同一種語言上課。另外還有一
種「雙向（two-way）沉浸式」，最具代表性的例子是
在 1960 年代，美國邁阿密當地的古巴政治難民，希望自己
的下一代會說英文，也會說西班牙文，在語言專家們的協助
下，請當地學校設計「雙向沉浸式計畫」教程，也就是課堂
上有一半的學生母語是英語、另一半的學生母語是西班牙
語，50% 的小學課程用西班牙文上，另外 50% 的小學課程則
用英文上。這個計畫也非常成功，從此美國各地陸續出現了
許多英文和西班牙文的雙向沉浸式計畫。

　　以上兩個都是經典的沉浸式計畫案例，世界上的多語國
家，除了加拿大之外，像是盧森堡、馬來西亞、新加坡，也
都是用沉浸式概念打造國民教育課綱。

　　以盧森堡的「三語教育」為例，每個階段都用沉浸式
的方法，重點一樣是學習內容而不是為了學語言而學語言。
又因為有三種語言需要精通，所以不同的求學時期有不同的
目標語言，幼稚園的授課語言是盧森堡語，到了國小時，上

課語言變成德語，中學時變為法語，高中大學也能用英文求學，因此在盧森堡精通三到四種語言的人，並不算少數。

想讓小孩接受雙語教育，該注意什麼？

如果你正在考慮讓你們家小孩接受雙語教育，以下要點可供檢核，看看你屬意的學校是否符合沉浸式計畫的標準：

1.至少50%的學科或術科，都是用目標語言（外語）進行，而且越低的年級，以目標語言（外語）授課的比例要越高，甚至達到百分之百。

2.無論是學科還是術科，所有教師最好是受過良好教育的母語人士；若不是母語人士，也需對目標語言有接近母語人士的掌握能力。

3.什麼時候用目標語言（外語）或是學生的母語，每一位老師要能清楚區分，並且掌握語言的使用和時間長度。

4.課程設計以「學習內容」為導向，讓學生用目標語言學習新知或技能，同時注意學生的語言發展。

5.課程教學內容融合語言與文化。

6.教學方式須符合學生當下的語言能力和身心發展，盡可能誘導學生使用目標語言。

7.鼓勵學生用目標語言溝通。

8.鼓勵學生用目標語言合力完成作業、共同學習。

沉浸式特別強調用目標語言學習學科和術科，而不是上課學習目標語言，但如果用比較廣義的方式看待的話，用目標語言上課的傳統語言課程，也算是沉浸式習得的一種，成效也遠高於用學生的母語上課。克拉申教授說過一句名言：「你用英文上英文課，如果因此學會英文的話，不是因為你上英文課，而是因為你用英文上英文課。」

這一類的沉浸式課程，又以美國米德爾伯里學院（Middlebury College）的外語密集沉浸式計畫作為代表。該校課程除了強調語言課一定要用目標語言上之外，也要求學生一定要參加非語言課程活動。此外，所有參加者入學前必須簽一張誓約，發誓自己絕對不講目標語言之外的語言，若違約就必須繳交罰款。

這種課程成效雖高，卻有一個常被人詬病的瑕疵，那就是除了老師之外，所有人都不是母語人士，長時間又密集地

只跟非母語人士對談，很容易被錯誤的發音和用法影響。

　　本書的沉浸式習得有一點很不一樣，那就是「環境」必須是由大量的母語人士構成，不能只有老師是母語人士，也不是只靠同學配合不講其他語言，如此主客觀條件都最接近小孩子學語言的狀態，才會有最好的效果。

　　此外，本書的沉浸式習得，不是學校型也不是教室型，而是一種社會型的沉浸式。在生活當中建立沉浸式習得的條件和環境，不管你幾歲、在哪裡都可以實踐，現在我們就來看看社會型沉浸式習得實際的樣貌和參與者的感想。

社會型沉浸式成功習得亞馬遜克丘亞語 ——M的故事

　　從2017年開始，我和Polyglot.tw多國語言習得活動網的團隊，開始打造沉浸式習得（polyglot-immersion），已經有100多位朋友志願擔任我們的「白老鼠」，最年輕的只有11歲，最年長的超過60歲。他們透過沉浸式的方式習得英語、日語、西班牙語和特殊的克丘亞語，都有很好的效果，而且非常享受整個學習過程。許多參加者都表示這種沉

浸式的學習不單單只是學語言，個人的溝通能力、世界觀和身心靈的成長都是一般語言課程無法提供的。

在我難以細數的語言研究和習得經驗中，最有趣的一段，就是到南美厄瓜多熱帶雨林裡的克丘亞田野調查學校，習得了克丘亞語（Quechua 或稱 Kichwa）。當時，我只靠跟當地人相處，不靠上課也不靠教材，只花了兩個月，就讓自己口語達到流利程度，讓當時的指導教授留下很深的印象。

2017年起，我開始跟我的克丘亞語指導教授塔德・史旺生（Tod Swanson）合作，推出一個讓台灣人可以到亞馬遜地區沉浸式習得克丘亞語的計畫，推廣沉浸式習得的同時，也推廣這個印加古語。

當然，很多朋友都一臉不可置信地問我：「學克丘亞語又沒有用，怎麼可能會有人參加？」

我自己一開始也是半信半疑，但第一年就有 4 個人報名，而且 4 個都是女性，讓我不得不讚嘆：「母親真的比較勇敢，女生也真的比較勇敢！」

這 4 位台灣朋友分別來自北中南，有公教人員，也有一般公司行號的員工，其中最令我難忘的，就是本書一開頭提到的 M。

　　M是一名普通上班族，沒有顯赫學經歷，也沒有學外語的背景。她高中就開始工作，半工半讀直到大學畢業；工作了將近十年，到澳洲打工度假兩年；回到台灣後，在中部某家公司擔任業務。準備辭職換工作的她，決定給自己放個假進修，也趁機思考自己的下一步。

　　雖然她在澳洲工作兩年，但如同大多數在澳洲打工度假的人，在農場或工廠打工並沒有太多機會使用英文，兩年下來學到的英文也有限，她雖然能用英文溝通，但離流利還有很大一段距離。她也告訴我，她很不愛看書，考試念書也不是她的強項，總而言之，她絕對不是一般人心目中那種天賦異稟的聰明學生。

　　我問她為什麼想參加，是真的想學克丘亞語嗎？她說：「我覺得亞馬遜很酷，這一生一定要去一次；另外，自從上了你的課之後，我認為沉浸式習得非常適合我，又聽說去克丘亞田野調查學校的同學都是美國人，去那邊應該也可以沉浸式習得英語吧？」

　　我回答她：「妳說得沒錯。到那邊不只可以沉浸式習得克丘亞語，還可以沉浸式習得英語，但妳去的時候要記得專注學克丘亞語，若妳不把克丘亞語當一回事，整天只想著學

英文的話，妳的沉浸式英語環境會消失喔！」

　　先前的章節提過，所謂環境不只有輸入與輸出，還必須有愛，也就是這些母語人士必須跟你有真情的互動，若沒有真情互動，沉浸式的效果會大打折扣。

　　由於其他成年人不像你的親生父母一樣，無論如何都會對你不離不棄，若想成功地跟周圍的母語人士有真情的互動，就必須得到團體的認同。以 M 的情況來說，她必須讓其他美國人知道她真的是來學克丘亞語，而不是學英文，其他人才會把她當成一起奮鬥的同伴，他們之間的英語交流，才會達到有愛的環境這種理想狀態。因此，雖然她私心對於沉浸式習得英文較感興趣，我還是特別要求她要學好克丘亞語。

　　但 M 該怎麼學克丘亞語呢？

　　這間克丘亞田野調查學校有提供一般語言學校類型的克丘亞語課程，從發音、單字和文法開始教起。然而，從學文法背單字這種傳統語言學習角度來看，克丘亞語是一種非常難的語言，跟大多數的歐洲語言一樣，有很多時態和人稱動詞變化。

　　以「走（rina）」這個字為例：

現在式.

　　ñuka Tenama riuni　我現在要去 Tena（地名）。

　　Kan Tenama riungui　你現在要去 Tena。

　　Pai Tenama riun　他現在要去 Tena。

　　ñukanchi Tenama riunchi　我們現在要去 Tena。

　　Kanguna Tenama riunguichi　你們現在要去 Tena。

　　Paiguna Tenama riunun　他們現在要去 Tena。

過去式

　　ñuka Tenama rikani　我去了 Tena。

　　Kan Tenama rikangui　你去了 Tena。

　　Pai Tenama rika　他去了 Tena。

　　ñukanchi Tenama rikanchi　我們去了 Tena。

　　Kanguna Tenama rikanguichi　你們去了 Tena。

　　Paiguna Tenama rinuka　他們去了 Tena。

　　其他還有未來、過去完成、條件式。此外，也有很多像日語文法的特徵，比如像「te 型連用」的「-sha」，例如「Pai purisha kantasha shamuka」（他邊走邊唱地來了）；

也有像日語助詞「-wa」「-ga」「-ni」「-o」一樣的結構。

　　簡而言之，如果你用傳統學語言的方式學克丘亞語，就要同時學歐洲語言的文法和日文的文法，這對於一個沒有語言背景，也不是「學霸」型的人來說，根本是不可能的任務。

　　此外還有一個原因，讓 M 更不可能用傳統方式學克丘亞語，那就是課本是用英文寫成，而且克丘亞老師是用西班牙語上課。那 M 該怎麼學呢？答案只有沉浸式習得了。

　　根據沉浸式習得的原理，以上這些文法或語言課程都不是必須的，只要創造有愛的環境，並運用打開心扉、用語言而不是學語言和多語習得這三個技巧，就可以高效習得。

　　首先，我幫 M 建立一個有愛的環境。我帶 M 去認識我在當地所有的克丘亞原住民朋友，告訴他們 M 是我的好學生，她想學克丘亞語，請你們用愛心和耐心對待她，並請求他們讓 M 想去找他們時，都可以去找他們。

　　再來，我也為 M 做好心理建設和策略教學：

　　・不管妳的美國同學怎麼學或怎麼看待妳，都要堅持
　　　「沉浸式習得」，更好的方式是解釋給他們聽，當作

練習英文口說。

· 妳的美國同學可能都很優秀，是來自美國各大學的學霸，但別擔心妳會學得比較差，會考試、念書、背文法單字是一回事，真的學會語言又是另一回事。

· 只要有空就去跟當地人接觸。所謂接觸，不是硬要說話，或是硬要聽懂他們說的話，而是跟他們一起做事或生活，比如說一起做菜、一起洗碗、一起去田裡、一起打球。他們都是我的朋友，會對妳很有耐心跟愛心。

· 跟美國同學一起上語言課時，把克丘亞語言課當成沉浸式習得英文和西班牙文的機會，至於有沒有聽懂課程內容，就沒那麼重要了。

· 千萬不要像「賣可魯」一樣躲在房間裡，死背克丘亞語單字與文法，這就像在台灣關在教室裡學英文一樣低效，除了越背越不懂，還會越學越挫折，覺得這一切好無聊，為什麼要大老遠地來亞馬遜背書。

最大的障礙就是自己

M表示她理解了，但很懷疑自己能不能做到。

在剛起步的關鍵時刻，這一點的確知易行難。即使知道只要常常跟克丘亞人互動就能學會，但對於一個有諸多學習心理障礙的成人來說，執行起來還是有難度。

M跟我說，她一開始真的遇到了來自美國同學的質疑：「為什麼妳飛這麼遠，來學一個對妳沒有用的語言？妳是真的想學嗎？」「妳不會西班牙文嗎？」「妳的英文……」這些來自同儕的壓力，讓她在學校的第一個星期過得很悶，對我說「想出來透透氣」。

此外，雖然已經知道是否聽懂克丘亞語課的內容並沒有那麼重要，但一開始坐在教室裡，還是倍感壓力。再者，還有和克丘亞人交際的困難，一開始根本不知道該做什麼，也不知道要說什麼，還要克制自己的惰性，才能離開木屋或是學校，去跟當地人接觸。

當時我就發現，最大的障礙其實是M自己，她給自己太大的壓力，覺得要是學得不夠快就是浪費錢和時間，總是希望在幾天內就能收到成果。就像她一年回台後，曾在燦爛時

光東南亞書店分享時，告訴大家：「當初其實只要放輕鬆，當作去玩，一切就容易多了，但這個道理我當下就是不知道啊！」

　　身為 M 的語言顧問，比起傳授語言學習技巧，我花非常多時間減輕她的壓力，陪她度過一開始最難適應的關卡。我不斷地要她放輕鬆，告訴她所謂「沉浸式習得」最重要的就是「無心插柳」，語言是人與人之間自然的產物，當妳不要一直想著學語言時，反而更容易進步。

　　M 聽進去了，一個星期之後，情況漸漸改善。她從一開始「很想抓緊時間」變成「慢慢來也沒關係」，這樣的轉變讓她睡好吃好，同儕關係也漸漸改善。她會開始跟我說學校有什麼八卦，那個美國同學有怎樣的故事，今天又學到了什麼克丘亞語。

　　大概過了兩個星期，我親眼見證了 M 的轉捩點。她跟我說，有個美國同學約她一起去克丘亞人家度週末，一起體驗克丘亞文化。她們出發那天，我剛好遇到她跟她的美國同學，這位同學對於我的語言習得方法非常好奇，於是我趁她們出發前，和她簡單扼要地說明我的教學概念和理論，她表示非常贊同，也回饋了她學西班牙語的故事：

「我學西班牙文學了 10 多年，雖然現在應對流暢，也都能聽懂母語人士跟我說什麼，但我還是對自己的西語程度很不滿意，因為還是跟母語人士差太多。而我認為，就像你說的，這是因為我過去花太多時間鑽研文法單字。我曾經在墨西哥住過一年，也在西班牙住過一年，那時候我就發現，我每次要講西班牙語時，都會一直想到文法，讓我沒有辦法講得很好。所以，這次我來厄瓜多學克丘亞語，我決定不鑽研文法，而要一直去找當地人講話。你的語言習得理論很有意思，我就是想這樣試試看！」

從那天之後，M 傳給我 LINE 訊息變得正面且積極有趣，我知道我這個語言顧問被炒魷魚了。

過沒多久，M 又傳給我一張照片和一則訊息，照片裡是她跟一位當地男子，一起去離學校 20 公里遠的小鎮餐廳吃飯時拍的。她說這是一位很好的夥伴，所以請他吃飯。

我問她：「妳都跟他說克語嗎？」

她說：「對啊，不然我還能說什麼？我又不會西班牙文。」

我笑說：「當初妳老是說自己學不會克丘亞語，但現在能約當地人吃飯聊天，這樣還不算學會嗎？除非你們都含情

脈脈，一語不發，哈！」

　　學語言就是為了溝通交流，都已經達到目的了，還覺得自己不會嗎？

　　我的克丘亞語的指導教授塔德，覺得 M 表現出色，特地頒給她一張證書，表揚她這一個月來驚人的表現；我也透過各種明查暗訪，詢問克丘亞友人關於 M 的表現，大家都覺得她非常棒。以她這樣的背景、在這樣的情況下，能夠一個月就說出克丘亞語，比我更厲害，實在很不簡單。

　　M 結束了一個月的克丘亞神奇之旅後，培養出對語言和南美洲的興趣，決定繼續留在厄瓜多習得克丘亞語和西班牙語，之後還橫跨整個南美洲旅行。

　　回台灣之後，她在一間語言中心擔任顧問，希望能把自己的經驗分享出去，幫助更多人學好語言。

CH6 參考資料：

・黛安娜和塔拉的研究。Tara Williams Fortune, Diane J. Tedick. 2008. *Pathways to Multilingualism: Evolving Perspectives on Immersion Education.* Multilingual Matters.

・美國米德爾伯里學院網站：https://www.middlebury.edu/language-schools/

・美國米德爾伯里學院沉浸式課程的評論，摘自《跟各國人都可以聊得來：語言大師教你如何掌握三大關鍵快速精通各國語言，學了就不忘！》，商周出版。

CH7

沉浸式祕笈一：
拋開大人的學習模式

　　小孩子學語言有得天獨厚的條件，這條件不是指他們有一顆超強學習大腦，而是因為他們愛自己的家庭與環境，心理狀態也處在什麼都願意探索嘗試的階段；他們不為了學語言而學習，而當語言是認識世界和溝通的工具，讓自己處在願意接觸並習得環境中任何語言的狀態。

　　建造有愛的環境是一門特別的技術，我們會在接下來兩章詳述具體方法。這一章先來講解，如何從改變成人的行為模式與心態，做到打開心扉、用語言而不是學語言和多語習得。

打開心扉

消除對人群的害怕

無論是自信不足，或是害羞，甚至社交恐懼，害怕接觸陌生人或人群的心態，一直是成人學語言的一個大關卡。

許多人認為，個性無法改，怎樣就是做不到跟陌生人或人群接觸，但實際上真是如此嗎？

我認為不管是誰，其實都渴望與人建立關係，再孤僻的人，都希望世界上能有理解我們的一兩個知交，內心深處其實都想與他人產生連結，也應該對這個世界充滿好奇；我們要做到的，只是練習打開心扉。

這種心態上的問題或許沒有特效藥，每個人也有不同的關卡要闖過，如果你真的找不到方法，建議可以嘗試「卡內基」這類型的課程。而我認為，最好的方法也許是漸進式地接觸人群，在不斷接觸人的過程當中，心就會慢慢一點一點地打開，達到像小孩一般的理想狀態。

那麼要從哪裡開始練習接觸人群呢？這就是我創立「Polyglot.tw 多語咖啡」的目的。在多語咖啡裡，不只有來自世界各國的人，還有許多受過沉浸式訓練的成員，大家都

會用耐心和愛心幫助你跨出沉浸式的第一步。

消除對語言的害怕

　　如果你害怕發出聲音說外語，那你可以多做「跟讀」，也就是一邊聽、一邊跟著說地模仿語言。習慣了之後，你再說給你信賴的親友聽；如果你害怕說外語時犯錯，一樣可以找你信賴的、有耐心的親友，聽你說話。

　　以上這些害怕，都比不上「聽不懂」的害怕。在我的經驗裡，我認為所有語言恐懼症裡最難克服的，就屬「聽不懂」的害怕了。而小孩子完全不會有聽不懂的害怕，這說不定就是大人和小孩的關鍵差異。

　　試想，當小孩子聽不懂大人講話時，雙方是怎麼應對的？小孩子會一直要求大人解釋給他聽？還是大人會鍥而不捨地，用十八般武藝解釋給小孩子聽？

　　小孩不會問，大人也懶得說明，其實就是簡單一句話「聽不懂就算了」！

　　這一點十分違反大人的直覺，我們都覺得「學問」就是「要學要問」啊。但除非你是語言學家，否則語言對一般人而言，並不是學問，而是一種運動或習慣，你只要一直做，

就會越來越好、越來越習慣。

　　無論是從零程度、低程度、中程度還是高程度開始，當你沉浸式習得新語言時，一定會遇到很多有聽沒有懂的情況，最好的做法就是「聽不懂就算了」。如果有疑問，可以先記下來，事後再問，把焦點放在當下的活動，才是對「聽不懂」最好的反應。

用語言而不是學語言

　　大人學語言常卡在「為了學而學」這個關卡，我們必須把這種行為模式改成「用語言」，才能用沉浸式的方式高效學習。

　　平常該如何讓自己習慣「用語言」這種思維，而不是「學語言」呢？「語言是溝通的工具」是老生常談，多用語言去溝通的概念，我就不特別說明。除了溝通，我們可以從日常生活著手改變行為模式。

飲食

　　英文裡有一個單字叫做「民族風味餐」（ethnic food），

意思是來自世界各地的異國料理。以美國人的角度來看，中餐、衣索比亞餐、泰國菜或是日本料理，都算民族風味餐。平常有機會多去各地異國料理店光顧，不管是讀菜單，或是接觸到那個國家的人，就有機會使用到外語。

使用者介面的語言設定

現代人每天都需要用到很多社群媒體和軟體，這類APP或是科技產品，都是讓我們養成用外語習慣的好機會，只要把語言設定都改成目標語言就可以了。

以我個人來說，電腦的 Chrome 設定成日文、作業系統是英文介面，iPad 和 Siri 都是西班牙文，iPod 的是法文。這些小動作都會讓你養成「用語言」的習慣，久而久之就不會覺得自己是在「學語言」了。

學習與資訊來源

用母語去學習或吸收新知當然是最容易的，但若要養成使用語言的習慣，我們必須忍住不使用母語，就像加拿大法語沉浸式教育一樣，明明母語是英文的小孩，卻要他們從一開始要用法語去學習學科和術科。

　　日常生活中，我們也可以盡可能用目標語言學習來求取新知，就能慢慢養成「用語言」的習慣。我建議大家可以多用英文維基百科，平常遇到什麼不懂的問題或是想查資料時，都先看英文維基，有看沒有懂也沒關係，把這個過程當成一種練習。看不懂之後，再去看中文說明；同樣地，想問谷歌大神時，也一樣先用英文問，真問不出個所以然，再換成中文。

娛樂

　　用外語去玩遊戲、聽音樂或是做運動，這些都算「用語言」的一環。喜歡打電玩的人，就用目標語言連線對話；喜歡看運動賽事的人，就用目標語言去看比賽。當你專注在娛樂的內容時，就是沉浸式習得的最佳狀態，記住這種感覺。

多語習得

　　對每一種語言都保持開放態度，不只是沉浸式必要狀態，在很多層次上面對我們學語言都有實際幫助，像是單字的累積。

以日文為例，日文裡有非常多的的外來語，像是「ア
ベック」這個昭和時代用語，來自法文的「avec」，原意是
「一起」，用英文來解釋的話就是「with」，但到日文裡就
變成「情侶」的意思。若只用日語、而沒有用多語言的視野
去學的話，這就只是一個日文單字而已；若對於語言有更多
的好奇心，想探求這個字原本的法語意義，學起來就會輕鬆
很多。

同樣的道理，也可以用在另一個日文單字「クーデタ
ー」（政變）。如果對詞源沒有興趣的話，一樣只是一個
日文單字，但如果研究其原本在法文的意思，就會發現其
實是「coup」（打擊）加上「de」（英文的介系詞 of）和
「etat」（國家），理解這樣的組成之後，「クーデター」
（政變）對你來說就不再那麼天外飛來一筆、莫名其妙了。

就算不主動學，願意聆聽或接觸其他外語，也會對我
們學語言有很大的幫助。我的朋友清水是一位在日本大學教
書的英文老師，他發現班上學生大多死氣沉沉，對學英文沒
有興趣，也覺得自己學不會。於是有一天，他突發奇想地宣
布：「從下星期開始，上課前我們都要做聽力測驗。但要聽
的不是英文，我會給你們聽 10 種不同語言的音檔，你們要

分辨這10個音檔是哪一種語言。」

　　原本昏昏欲睡、完全沒有幹勁的大學生突然全醒過來了。比起上正式的英文課，這種看似莫名其妙的大挑戰，竟意外地激起他們的學習欲。

　　在學期結束時，清水老師特別請我去跟學生對談，要大家跟我分享這一學期「用多語學英文」的經驗。大多數學生都表示，這是一場超乎想像的學習旅程，一開始覺得連英文都聽不懂的自己，變成現在每次做「多語猜猜看」都能答對至少5、6題，而且覺得英文也跟著變簡單、可以聽得懂了！

　　我們如何改變自己的原始設定，進入這種多語習得的開放狀態呢？我認為最好的方法就是去學一個全新的、完全沒有概念的語言，而且必須用類似沉浸式的方式去學。

　　你不用很認真學，只當是下班去做瑜伽或健身房的程度就可以了。若你住在台灣，最方便的方法就是去找一間符合沉浸式原理的外語補習班，以下是我建議的選擇標準：

・老師上課最好以全外語教學，或盡量只用目標語言。
・小班制，有很多機會開口。

．不強調文法、考試或是檢定考。

．母語人士教學。

　　根據上述四個標準，若要我推薦位於台北的補習班，那麼想嘗試歐洲語言的朋友，我會推薦歐協（Ciel）這間語言補習班；日語的話，我會推薦永漢會話班；若想嘗試更特殊的語言像是芬蘭或冰島語，可以使用線上家教平台如italki。

關鍵在「心」，不在「大腦」

　　在談語言學習的方法時，很少人談到改變行為和改變想法的重要性，其實這說不定才是成人學語言最關鍵的地方，是影響一個人學外語的絕對性因素。

　　有一回，在政治大學一場非正式語言教學分享會上，有一位資深華語教師跟我分享她在線上線下教學多年的經驗。她說，她教到最後，覺得自己很像心理諮商師，而不是華語教師。一個學生是否能真的「出師」，也就是掌握中文、成為一個有自信的中文使用者，比起教材和教法，更重要的似

乎是去改變學生的行為和想法。如果沒有辦法改變學生，老師教再久或是學生學再久，都是徒然。

　　本章或許是書裡最不起眼的一段內容，你也可能覺得，學語言幹嘛要有這麼多「內心戲」，但過來人都會告訴你，問題在心，不在大腦，就待你日後有機會細細咀嚼。

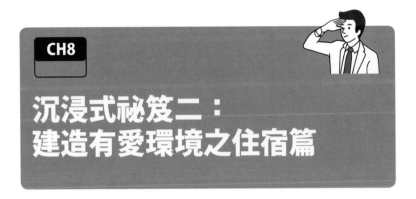

CH8

沉浸式祕笈二：
建造有愛環境之住宿篇

　　Fumi 是我過去沉浸式習得的學生，她在日本留學大概半年左右的時間之後，來尋求我的幫助。

　　她認為自己的日文程度停滯不前，最大原因就是沒有跟日本人交際的機會，雖然她不害羞，也很活潑，到處都很積極地找尋跟日本人交朋友的機會，但就是找不到進步的方法。此外，她打工的地方是大阪心齋橋的藥妝店，想當然爾，在那邊服務的對象大多是中國或台灣旅客，只有講中文的機會，於是她就來參加我的沉浸式習得。

　　課程結束之後，她說：「我一個星期講的日文，比我半年在語言學校講的日文還要多！」

　　我是怎麼幫 Fumi 建立有愛的環境呢？第一步就是改變她的居住環境，我們來看看有哪些可能的沉浸式住宿選擇。

青年旅館（Hostel / Guesthouse）

對沉浸式習得者來說，最方便、便宜又有效的住宿選擇，就是青年旅館。青年旅館有很多同義詞，像是背包客棧或民宿，一個房間可能有 4 到 10 張床，所有旅客一起睡上下舖，這種設施在歐美叫做「hostel」，在日、韓叫做「guesthouse」。

但睡覺不是青旅最大的特色，青旅強調旅客和旅客之間的交流，除了睡覺的地方，還會有一個多功能交誼廳，舉辦各種活動，讓來自世界各地的旅客交流，培養國際友誼。

青年旅館的員工大多是當地人，就算不是當地人，也都是熟稔當地語言的外國人，這些人都是你很好的依靠，他們會非常有耐心地聽你說話，語言不通時也會用英語慢慢跟你說，提供最多在地生活的資訊。

同時，除了世界各國的旅客之外，也會有該國其他地區的旅客同住，早餐時間和晚上可以一起聊天交流，讓自己睡覺前和起床時都能沉浸在目標語言之中。

適合沉浸式習得的青旅要件

　　然而，青年旅館這麼多，怎樣的青年旅館才適合沉浸式習得呢？每一家青年旅館都有其特色，很難用統一的標準去檢視，但一般來說，總人數在 20 至 50 人的青旅，算是最好的規模大小；一個房間最多不要超過 10 人，長期住宿的話，4 到 6 人一間是比較可以接受的範圍。超過 50 人的商業型 Megahostel，一般來說都不太理想，因為這種大型經營規模大多是商業導向，經營者根本不在乎旅客之間是否有交流，員工也是用在一般旅館上班的方式對待客人。

　　此外，好的青旅一定要有可以讓大家放鬆交流的大廳、寬敞的廚房，有附贈早餐更好。有好的大廳、廚房和早餐時間，容易製造更多交流「沉浸」的機會，若還會定期舉辦活動就更完美了。

　　再來，我們也要考慮青旅的客群和員工的國籍分布。員工是當地人的比例越高，對你越有幫助，若住客也有至少一半是該國人更好。最後是老闆，中小型的青旅老闆大多是很好客、自己也想跟遊客玩在一起的那一種，若老闆的風評很好，就絕對沒錯。

　　美國的「Youth Hostel International」算是我最推薦的系

統，許多做法值得我們參考。

以夏威夷的 Youth Hostel International 為例，這間青旅強調人與人之間的互動與交流，一般旅客最多只能住 7 天，鼓勵各種文化活動，設施內不可飲酒吵鬧，非常適合沉浸式習得的學習者。

Youth Hostel Iinternational 在美國鳳凰城的分店也有一個有趣規定，大廳的桌上有一個牌子寫說：「這張桌子不歡迎使用電腦的人，坐在這就是要面對面交新朋友！」

若不知道要找怎樣的青旅，可以先看看 Youth Hostel International 在夏威夷和美國鳳凰城的介紹作為參考。

如何找青旅？

如何找青年旅館呢？以知名的訂房網站 booking.com 為例，搜尋旅館的時候只要勾選「青年旅館」，此時的搜尋結果只會顯示青旅，再一間間挑選即可。

若考慮長期住宿，可以直接寫信到青旅詢問長期是否有特價，最好還要跟青旅說明自己是去做語言文化學習，對方絕對會樂意協助。

打工換宿搜尋機（Workaway）

跟我同一個世代或更年輕的朋友，也會考慮到國外打工換宿。所謂的打工換宿就是幫雇主工作，不領薪水，但雇主提供免費食宿。

若選擇這種方式去建立「沉浸式習得」的居住環境，必須注意幾件事情：首先是該國法律允不允許，若不允許的話，就要自行負責被抓到的風險。

以日本和紐西蘭為例，雖然很多人都去打工換宿，但其實日本和紐西蘭法律都有明文禁止。這兩個國家法律認定，打工換宿就是工作，必須持有該國工作簽證才能這麼做。

此外，打工換宿畢竟還是有工作時間，工作期間就不一定能有效沉浸；又工作完是否有精力去交流，也很難說。還有個問題是跟雇主的關係，農場類的打工換宿都在市郊或是鄉下，除了跟雇主互動，沒有其他太多機會跟別人互動。也有聽過學生回報，因為跟雇主處不來、發生難以處理的誤會，導致不得不中止整個沉浸式計畫。

因此，以沉浸式習得的觀點來看，我並不特別推薦打工換宿，除非你有預算上的限制，要不然還是不建議「半工半

讀」。與其半工半讀，不如直接去當農場或是擔任青旅的志工。我們可以用做義工的心態寫信告訴這些主人，你很樂意免費幫忙，這樣反而更容易跟雇主打成一片，促進自己的語言習得。

那我們該如何找到以上機會呢？想搜尋打工換宿的機會，可以上 workaway 網站（https://www.workaway.info/）；若是農場類的工作，可以透過 wwoof 這個組織（https://www.wwooftaiwan.com/en/wwoof-taiwan-home.html）申請。

沙發衝浪（Couchsurfing）

沙發衝浪給人的印象是到不認識的網友家借住、免費睡沙發，對想要認識當地人、節省旅費的旅人來說，不啻是個很好的選擇。當然其中有些風險，必須由你個人承擔。

然而，對想要沉浸式習得的學習者來說，睡沙發不是個穩定的選項；許多職業「沙發客」為了每晚睡沙發，每天都要發訊息給 20 到 30 個沙發主，希望能借住一晚；好不容易有一到兩個人回信，又突然取消了，畢竟沙發不是旅館，不是講好了就一定能「入住」。

因為沙發衝浪實在太不穩定，所以我個人很少使用，唯一的幾次經驗分別是在美國、上海和新加坡。我發現在美國鄉下沙發衝浪的品質都很好，因為鄉下房子大，沙發主也不會只給你沙發，而會給你完整的房間和招待；大城市像是上海或新加坡，就真的只能睡沙發，沙發主也沒有太多資源或時間好好招待。

目前沙發衝浪網站已經多元化發展，對沉浸式習得來說，我認為最好用的功能不是到別人家沙發「衝浪」，而是「hang out（出去走走）」「參加聚會」和「主辦活動」這些新功能，詳細內容留待下一章繼續介紹。沙發衝浪網址：https://www.couchsurfing.com/dashboard。

分租公寓（Sharehouse）

有位朋友深愛日本，去了日本工作，她認為要是能跟日本人一起住，應該會有很多互動機會，日文也能大幅度進步，於是選擇東京都內非常貴的「sharehouse」（即台灣的雅房，有私人房間，但共用衛浴、廚房）。然而幾個月下來，她發現室友根本沒想要互動，大家回到家就是把自己關

在房裡，非必要不出房門，甚至會刻意等共用空間沒有人時才走出去。

我的學生亞伯特到美國沉浸式學英語，想說若找美國室友同住，應該每天都有很多聽英文和講英文的機會，沒想到室友跟他的生活習慣差異太大，每晚都在講電話或開派對，睡覺的時候還得忍受室友用電話聊天，他每天都在跟對方抱怨，甚至吵架。看來，亞伯特真的得到許多講英文和聽英文的機會，但也很快就跟室友鬧翻搬走了。

分租公寓、找室友一起住，看起來是個沉浸式的好方法，但實際上卻不是這麼一回事，為什麼呢？在現代人的工作生活中，對一個規律上下班的人來說，他回到家裡才不想再跟誰互動，除了放空還是放空，根本沒有多餘心力陪你這個沉浸式習得者。

這也是為什麼我認為青旅是比較好的選擇的另一個原因。去青旅住的人，幾乎都是放假中的旅客，旅客處在一個放鬆、願意體驗當地文化、跟人交流的狀態，你很容易就可以跟他們搭上話。

若真的要找室友，建議先在當地交朋友，等真的遇到合得來的當地人時，再考慮一起租房子生活。

　　我的學生亞伯特流浪多個地方之後，交到了一位好朋友，而且好朋友家裡剛好有空房，他現在終於可以在家天天跟人講英文，也夜夜安眠到天亮了。

寄宿家庭（Homestay）

　　本書一開始，我們就提到了寄宿家庭學語言的方式，但也提到這不是一個能保證有效的方法，因為你無法事前就知道能否跟寄宿家庭處得來，若合不來，自然不會有什麼互動機會，更不用談有愛的環境。許多20到30歲有過寄宿經驗的朋友表示，大多只有吃飯的時候跟寄宿家庭有機會互動，這幾乎跟一個人住宿舍沒什麼差別了。

　　我自己也有不少寄宿經驗。先來講不大好的，有一次，我在網路上申請去德國柏林寄宿，屋主是一位獨居老人，接待外國人主要是為了增加收入，並沒有特別想跟外國人互動的意思，我在他家寄宿的兩個星期期間，只有早上打招呼的印象。

　　我也有過一些不錯的寄宿經驗，大多來自非營利目的的寄宿家庭，只要付仲介公司手續費就能入住。這些家庭裡

至少都有兩個人，他們接待外國人真的就是為了豐富生活，汲取新的人生經驗，對寄宿客都有最大的包容。若成人要用寄宿的方式沉浸式習得，除了要找非營利、家裡人多的家庭外，在同一個家庭大概住 5 到 7 天，是最佳的寄宿期間，這段時間新鮮感仍在，而且對彼此的缺點或是看不慣的地方，都還能夠容忍。一個星期之後，大家就會開始露出真面目，嫌隙可能就此產生。若遇到真的很合拍的家庭，當然可以住久一點，這時候就算你不要求，對方可能也會一直邀請你去住。

　　介紹完以上方式，讓我們回到一開始 Fumi 的故事。

　　我們幫 Fumi 打造沉浸式習得的第一步，就是讓她住進位在大阪一家由我們嚴選的青年旅館，光是住在青年旅館跟員工互動，就讓 Fumi 有非常多用日語真情溝通的機會。

　　下一章要來介紹，我們還用了什麼樣的網路工具和社群，幫 Fumi 打造青年旅館之外的沉浸式環境。

CH9

沉浸式祕笈三：
建造有愛環境之社交篇

　　完整且有愛的沉浸式習得環境，除了需要好的住宿條件之外，還需要在其他不同場合跟母語人士接觸的機會。

　　這樣的機會如何創造？在某些國家其實俯拾即是，例如M學習克丘亞語所在的厄瓜多，就是一個比較容易的例子。克丘亞人注重人跟人之間的關係，就算對陌生人也很熱情，而且大多數人生活壓力不大，沒有錢但很有閒，每天都很樂意陪你閒聊與玩樂。

　　我自己也曾經在墨西哥的艾爾莫西悠（Hermosillo）和非洲坦尚尼亞長住，進行沉浸式習得。在舉目無親的情況下，以四處和人打招呼、閒聊的方式認識朋友，十分容易就得到良好的回應，也順利建立了整天都用當地語言跟人互動的環境。

　　克丘亞田野調查學校的校長塔德聽了我的描述之後，一針見血地說：「你這招到失業率很高的地方，應該都滿管用的。」也就是說，在繁忙、高度開發的國家社會，情況就完全不同了。

　　我們先來看看，繁忙社會一般成年人的生活樣貌吧！以我為例，大概 5 年前，我有一陣子在東京過著一半實習、一半工作的特殊生活。和上班族一樣的是，我仍是早上 10 點要到公司，晚上 6 點到 7 點之間下班。

　　我住的地方是東京都 23 區外的小平市，每天搭西武新宿線到高田馬場，再換車到澀谷，接著走大概 10 到 15 分鐘去位在青山學院大學旁的公司。這樣單程共要花 90 分鐘，來回就要 3 小時，回到家什麼事都不想做，更不用說還要花心思去跟人互動，宅在家面對電視、電腦放空幾個小時，一天就過去了。

　　從以上生活經驗可以看出，我們一個人到夢想中的國度，想去學語言、跟當地人互動，但大多數的本地人卻沒什麼時間跟你交朋友。在現代社會要建立整天與人互動的環境，實在不是一件容易的事。

　　因此，除了少數社交技巧極佳的人，在現代社會裡，我

們其實沒有辦法像在鄉村或是較低度開發的區域一樣，四處跟人聊天搭話，即可建立豐富的沉浸式環境，而是需要透過當地組織、社團或是外國人集散地去認識陌生人，而這些媒介和團體，都可以透過網際網路找到。因此，身處 21 世紀的我們，幾乎去任何一個國家，都能找到友善的當地人，跟他們真情交流。這也就是為什麼沉浸式習得在 20 世紀只屬於少數人，但在 21 世紀是所有人都做得到的原因。

接下來，讓我們看看有那些超強的網路工具吧！

善用沙發衝浪的其他功能

前一章提到，沙發衝浪雖然是一個沉浸式住宿的選擇，但因為接待方的不穩定性和安全問題，沙發並不是沉浸式住宿的好選擇，但這個網站的其他功能非常優異，是建立沉浸式社交圈的絕佳工具。

沙發衝浪除了找沙發住之外，目前還有「參加聚會」「出去走走」和「主辦活動」的功能。

參加聚會

　　沙發衝浪網站上有許多非營利聚會，大多是當地沙發客發起的，聚會多在開放式公眾場合，可自由加入或離開，參加者大都是旅客或是喜歡跟外國人做朋友的當地人。

　　對於沉浸式學習者而言，沙發衝浪聚會最好的一點就是障礙少、社交門檻低，沙發客們因為喜歡外國人和世界語言文化，就算你不知道要聊什麼，他們也會找到話題聊；常在世界各地旅行的他們，時常受到其他國家的人照顧，他們也有同樣的耐心和同理心對待外國人，知道你不一定能流利地說英語或他們的語言，說錯或詞不達意這些問題，他們也都習以為常。

　　以我參加過的德國柏林沙發衝浪聚會為例，許多德國當地人和外國住民都非常友善，大家用英文溝通交流，若想練習德文，也會有許多當地人或是其他德語學習者願意一起練習。

　　在日本的沙發衝浪聚會也是如此，當地的日本人沙發客都諳英語，即使是日文初學者，也可以用英文跟人建立關係後，再試著用日文溝通，大多數人都很樂意陪你說日語。

出去走走

　　害怕參加聚會、走入人群？喜歡人少的活動？與其參加多人聚會活動，不如找興趣相同的朋友一起爬山、吃飯或是做運動。沙發衝浪這個「hang out」出去走走的功能，可以讓你即時搜尋跟你在同一地點、有時間也有閒、願意和其他人交流的沙發客。和這些沙發客有了基本認識之後，再跟他們去參加其他沙發客聚會，就不會害怕了。

　　也提醒大家，使用「hang out」功能時，因為是人數少或是一對一，必須小心自身安全，以只在公眾場合、或是你有把握的安全場所見面為原則。

主辦活動

　　除了單獨找人交流、參加聚會之外，沙發衝浪的網站上也會不時發起活動，邀請其他沙發客參加。如果去的地方剛好沒有沙發客活動，你也可以自己發起。比如說你住在嘉義，嘉義可能沒有什麼人發起聚會，但若你每個星期都主動在沙發衝浪網站上舉辦好玩活動，就會有經過的沙發客看到，也就有可能會來參加。換句話說，靠別人不如靠自己！

沙發衝浪的積分規則

　　沙發衝浪網站為了避免假帳號充斥，也為了保護所有沙發客安全，設有所謂的「積分系統」，新登入沙發客網站的人必須完成許多網站指定的任務，才能開始主辦活動或是跟別人交流。若第一次使用沙發衝浪的你發現什麼功能都不能用的話，就是還沒有完成網站交代的任務，只要照網站指示完成即可。

全球聚會交流工具（Meetup）

　　風行全球的聚會網站 Meetup（https://www.meetup.com/），在歐洲和北美發展特別蓬勃，亞洲的大城市像是東京、首爾，也有非常多使用者。以紐約為例，Meetup 上一天就有 100 多場公開的免費或付費活動，開放任何有興趣的人參加，對沉浸式語言習得者來說，這是一個非常好的工具。我們到任何一個大城市，都可以上 Meetup 找活動，馬上融入當地生活，和在地人做朋友，創造沉浸式環境。

　　Meetup 跟前面提到的沙發衝浪聚會功能類似，但也有些不同。沙發衝浪的聚會都有國際交流性質，Meetup則是

以當地居民發起的活動為主，所以活動主題不一定是旅行或國際交流，而是某一種興趣嗜好。例如，美國有許多城市的 Meetup 上都有「大家來健行」活動，任何在當地的人都可以參加，大家約好時間和地點後，就到集合地點，之後邊聊天邊健走，可中途加入，也可中途退出。

Meetup 也有許多相約吃飯聊天的活動。有一回，我帶著學員到美國鳳凰城沉浸式習得英語，幫他們到 Meetup 上找適合沉浸式習得的活動，發現一群退休老人正在揪團到波士尼亞餐廳共進午餐，我便詢問對方是否方便參加，主辦人得知後表示熱烈歡迎。於是我們前往這間波士尼亞餐廳，他們見到我們一群年輕人非常開心，很熱情地與我們交流，其中一位在菲律賓打過太平洋戰爭的 90 多歲老兵，不斷跟我們敘述當年與日本人作戰的點點滴滴；另外還有一位喜歡唱歌的爺爺，加碼邀約我們晚上到 pub 聽他唱歌。

由於 Meetup 上的活動實在太多，初學者除了要花時間閱讀活動說明之外，也需慢慢累積經驗，才會知道哪些活動適合沉浸式習得的目標，或是哪些活動比較不適合。也有些活動必須等你語言和文化能力都到達一定水準，才有辦法參加。一般來說運動類、踏青或是技藝類的活動，進入門檻都

比較低，可以從這一類活動開始你的 Meetup 體驗。

在當地找打工機會

在全目標語言的環境下工作，除了有環境之外，也有即時的壓力催化，這算是非常好的沉浸式習得環境。

我曾經在日本甲子園球場打工半年，做過廚房、收銀員和販賣店員工，其中當收銀員時壓力最大，語言能力進步也最有感。

甲子園球場的比賽往往人滿為患，尤其是阪神對巨人時，更是一位難求，當櫃枱的收銀人員，要用最快速度和準確度，幫排隊客人點餐並正確找零，這不只是聽不聽得懂日文的問題，而是能不能在分秒必爭又吵雜的情況下，快速準確地幫客人完成服務，這對日文程度是非常大的正向刺激。

我在高雄某華語中心學中文的日本朋友也告訴我，他們班上的越南學生，口語和聽力能力都特別好，台灣人講多快他們都能聽懂，一問之下才知道，他們課餘都在飲食店打工，長期沉浸在台灣人的工作生活環境裡，自然大有進步。

我問她為什麼不去台灣的飲食店打工，她說因為一般

日本或是歐美學生覺得台灣一個小時工資才 150 塊台幣，那不如在自己家鄉打工，再來台灣學語言，還比較省時省力。我認為這個想法非常可惜，若能因為打工經驗，讓中文突飛猛進，減少上華語中心的時間，這才算真的賺到，你說是不是？

搜尋當地志工機會

當然，並不是所打工機會都對學語言有幫助，互動和對話非常多的工作，才真的有效。

然而，一個語言初學者、甚至不到精通都很難從事有大量對話的工作，那沉浸者的學習者該怎麼做呢？參與志工活動是一個可行辦法，甚至跟店家說你願意「打白工」，自己願意無償實習或是幫忙，你只想和他們一起工作，沒有想要薪水。

想找這樣的工作機會，我們可以用上一章提到的「workaway」，在這裡也跟大家介紹找志工活動的各種辦法。

想當志工最簡單的方法，就是上谷歌搜尋器，假設我們要去紐約沉浸式習得，可以輸入「New York（紐約）＋

volunteer（志工）」，谷歌引擎就會幫忙找到在紐約做志工的機會。以美國鳳凰城為範例，同樣用地點和當地語言打「志工」上網搜尋，就可找到相關志工網址：https://www.fmsc.org/。

若不知道從何篩選，我們還可以從世界知名的非營利組織開始搜尋，例如綠色和平（Green Peace）或是國際特赦組織（Amnesty International），這些都是具有一定公信力、在世界各大小城市設有分支的非營利團體。在眾多的非營利組織中，一定可以找到你有興趣的團體，透過和團體互動，建立沉浸式習得的環境。

最後，我想給大家一個想法，付出勞力不一定要得到金錢，若付出勞力反而可以得到寶貴的學習機會，那你絕對要去做。

在台灣，我不會想做類似甲子園球場的工作，並不是因為我覺得時薪低，而是因為能學到的太少。其實甲子園球場就算不付我一個小時 850 日幣（2011 年薪資），我也會樂意去做的，因為我可以得到很多經驗與能力。

圖書館或區民中心

全台灣的圖書館和區民活動中心，每週都會舉辦不少給市民進修的免費活動，有演講、有課程，也有可以一起同樂的工作坊或是手作課程。特別是我出生的台北市，資源特別豐富，小小的區民甚至里民活動中心，都有不少活動可以參加。

同樣的，在歐美和日韓等國的社區活動中心和圖書館，也會舉辦各式活動和免費課程，供附近居民參加，沉浸式習得者也可以利用這些資源，取得與當地人互動的機會。

搜尋當地圖書館或區民中心資源的方式很簡單，只要用當地語言鍵入「圖書館＋地名」即可。

以我在鳳凰城舉辦沉浸式習得為例，我和學員曾到坦匹市圖書館（Tempe Library）參加各種有趣的活動，像是陪「閱讀犬」一起跟小孩念書，或是參加當地作家的新書發表會。以美國鳳凰城為例，用當地語言的圖書館、區民中心搜尋，就會得到以下相關結果：https://www.tempe.gov/city-hall/community-services/tempe-public-library/library-calendar。

免費語言課程

　　世界各國都有為了移民或是居住在當地的外國人開設的特別語言課程，有些是收費的、有些是免費的，但就算收費價格也非常低廉。嚴格來說，上語言課程並不是一種沉浸式習得，因為語言課程並沒有提供和母語人士長期相處的機會，但若把「免費語言課程」當成一個建立社交網路的管道，這些課程就有非常高的沉浸式習得價值。

　　以日本為例（http://www.tnvn.jp/guide/tokyo-23-wards/、http://u-biq.org/volunteermap.html，但大多數國家都有提供這項服務，極低價或甚至免費），全國都有退休老人組成的日語俱樂部或日本語教室，免費協助外國人練日語。他們主要提供外國人聊天的機會，也有些老人會進行教學，但我建議大家去參加這樣的活動時，要主動學習，而不是被動等人教，有想學的教材或主題，就直接提出來，他們都會想辦法幫助你。

　　美國也有很多社區大學和社區中心提供類似服務，但若只是跟著老師上課，就跟語言學校一樣幫助有限，若能主動出擊，把語言老師當成諮詢對象，把教室當作認識不同國家

朋友的地方，效果就會截然不同。

教會

　　許多人對宗教團體持有負面看法，但以我沉浸式習得多年的經驗來看，主流的宗教團體其實都是正派經營，也不會用拐騙的方式要你信教。

　　我本身不是基督徒，但在美國留學兩年的時間，星期日都會去當地韓國人、墨西哥人和美國人的教會參加禮拜，透過全韓文、全西班牙文和全英文的環境，精進自己的語言能力，效果非常好，也交了很多朋友。

　　我建議大家，不管在哪個國家都可以參加主流宗教團體舉辦的活動，其中基督教會的活動是風評最多也最好的，只要用「教會＋地名」的方式搜尋，就可以找到任何一個地方的教會和相關活動。

大學社團

　　世界各地的大學裡，都有國際交流的相關社團，大多數

社團也都歡迎社會人士和校外人士參加。若你所在之處有大學，一定要好好查一查這些資源，一定有適合參加的活動。

以前我在台大念書時，參加社團活動都會遇到校外人士或是社會人士，開始沉浸式習得之後，也會到各個國家的大學，去跟當地大學生混在一起。我曾多次帶著沉浸式習得學員到美國亞利桑那州立大學和國際交流類型的學生社團互動，大學生和學員都覺得非常新鮮好玩。

如何搜尋大學社團的活動？只要進入大學官方網站搜尋「學生活動」即可，許多學校也會把學校的公開活動放上網，直接依照網路上的資訊跟學生負責人聯絡即可。

上技藝、語文類課程

上技藝和語文類課程也是創造沉浸式環境的方法。我們在前面幾章曾經提過一段克拉申的名言：「你用英文上英文課，如果因此學會英文的話，不是因為你上英文課，而是因為你用英文上英文課。」

比起上語言學校，若我們能用英文跟當地人一起去學一個技藝或是一門新語言，成效會更好。

　　我的日本好友吉見就是一個很好的例子。吉見本來一句英文都不會，對英文也沒有半點興趣，一心只想學好法文，到法國工作。她透過打工度假的機會到法國巴黎的公司工作兩年，最後因為不會英文的關係，無法升遷。心不甘情不願的她，決定離開法國回日本工作，存夠了錢再到美國從零開始學英文。熟悉於沉浸式習得的她本來不想上語言學校，但因為簽證的關係，只好勉為其難地報名紐約的語言學校課程，但課餘時間她都非常努力地去創造沉浸式習得的環境，其中一個方式就是去上當地技藝、語言類的課程。

　　她發現對自己來說，在紐約報名法文課是最有利的做法，一來她的法語比起一般學習者算是非常好，她沒有聽不懂、跟不上的憂慮，而且她「醉翁之意不在酒」，她想做的其實是透過法文課跟同班的美國人交朋友，下課或上課的時候講越多英文越好。

　　之後，因為她法文非常好的關係，許多美國同學對她很感興趣，也藉此打破英文初學者的限制，交到許多美國朋友，半年後就說一口流利的英語了。

還有更多好用的工具等你發掘

　　臉書、Eventbrite，還有千千萬萬的網站和app，都提供了公開社交的機會和實體交流的機會，只要你願意上網搜尋，相信在這世界上的活動和沉浸式習得的可能性，比前面介紹的還要更多元，也都超乎你想像。我每一次舉辦「日本沉浸式習得」或是「美國沉浸式習得」時，總是會去開發新的沉浸式活動，讓重複參加的學員也能有全新的體驗。

　　21世紀的今天，實在沒有理由再說「因為我沒有環境，所以我學不會外語」，沉浸式習得環境近在咫尺，只看你願不願意跨出那一步，進入沉浸式的世界。

　　接下來四個章節，我們要看四位不同的學習者，如何綜合以上所有的工具去完成各自的目標，分別是大學生寒暑假遊學、留學生語言能力提升、打工度假學外語，以及在台灣沉浸式的挑戰。

國外沉浸式實例：
寒暑假出國沉浸式，
取代貴又沒效的語言學校

接下來4章，我會分享4個實際例子，告訴大家如何運用前兩章介紹的工具，來創造沉浸式習得行程，讓學習者的每一天最好從早到晚都跟母語人士在一起，最大化有意義的互動時間。

來自香港的Ben：
「沉浸式習得正是我想要的。」

Ben來自香港，是個文武雙全的高材生，不但會念書，還會溜直排輪，曾經得過全港花式直排輪冠軍。他也因為優異表現，得到香港政府提供的4年全額大學獎學金；後來他

轉學去英國名校華威商學院，港府還是繼續提供他全額獎學金。

　　Ben 在 2019 年暑假透過沉浸式習得網站找到我。他說想參加我在日本的沉浸式習得活動，於是我安排了一場面談。面談時，他是這樣說的：「我不懂那些語言學理論，但我知道，就算我自己可以把文法、單字都學好、考過日語檢定，但若沒有跟母語人士一直交流，我也不可能把日語說得流利，更不可能把日語真的學好。」

　　接著他說一直想利用暑假期間去日本進修日語，但幾乎所有在日本的暑期遊學都是語言學校，也就是傳統上課、考試的教學形式，他根本沒辦法用到日語，更遑論跟母語人士交流。他想找的是一個可以讓他一直跟日本人說話的遊學課程。Ben 說他在 Google 輸入關鍵字，搜索幾頁之後，看到我的沉浸式習得，雖然沒聽過也沒什麼名氣，但看起來正是他想要的，因此毫不猶豫就報名了。

沉浸在外語環境＋有意義的互動

　　第一步，我先幫 Ben 找到一間符合沉浸式條件的住宿。

　　我與日本大阪一間青年旅館合作沉浸式習得，旅館老闆跟我開始研究，如何讓 Ben 在日本這段期間，每天都能跟旅館的日本員工互動，並指派一位我認識的旅館員工擔任 Ben 的「保姆」，Ben 有什麼問題都可以問他。如此一來，Ben 可以很快地跟青旅建立良好關係，若各位到世界各地沉浸式習得時，一開始最值得投資的對象就是青旅員工，只要跟員工混熟，就能打好沉浸在外語環境的基礎。

　　接下來就是為 Ben 安排沉浸式活動。我用的方法，正是前兩章介紹的那些工具，盡可能地用活動把 Ben 的每一天排滿，讓他從早到晚都可以跟日本人做有意義的互動。

　　既使大阪已經算是我的第二故鄉，找活動仍是很耗時的一件事，我常看螢幕看到眼花。因此，除了靠網路找活動之外，我也會依靠當地大阪朋友的力量，詢問他們身邊是否有些有趣的活動可以讓 Ben 參加。

　　剛開始你一定什麼人都不認識，只能靠網路上看到的活動；但別擔心，上手之後，沉浸式習得會越做越容易，像是認識越來越多人之後，這些人會再介紹你去網路上看不到的活動；幾個星期之後，基本上你就不愁沒有活動參加了。

以下是我為 Ben 安排的第一週沉浸式習得排程：

第一天：

16：30　抵達大阪關西機場。

19：00　抵達青旅。

19：00　與接待者 Koh 相見歡、共進晚餐，認識青旅周圍環境。

第二天：

09：00-11：00　認識青旅所有員工。

11：00-12：00　到一號店閱讀當天的《產經新聞》。

12：00-13：30　約合得來的青旅員工一起吃午餐。

14：00-15：00　參加土耳其冰淇淋挑戰活動。

15：00-16：00　拜訪朋友的青旅 1。

16：00-17：00　拜訪朋友的青旅 2。

17：00-18：00　自由時間。

18：30-19：15　參加語言交流活動。

19：45-　　　參加吃到飽、喝到飽的國際交流派對。

第三天：

09：00-10：30　跟員工說早安、閒聊。

10：30-11：30　到一號店閱讀當天的《產經新聞》。

12：00-14：30　參加日本人的大阪燒午間聚餐。

14：30-15：30　自由時間。

16：00-18：00　參加大阪 Free Walking Tour 活動。

18：00-19：30　自由時間，或跟大阪 Free Walking Tour 的人交流。

19：30-　　　　參加日本上班族人脈拓展聚會。

第四天：

09：00-10：30　跟員工說早安、閒聊。

10：00-11：00　到一號店閱讀當天的《產經新聞》。

12：00-13：30　約合得來的青旅員工一起吃飯。

14：00-15：00　自由時間。

16：00-17：30　參加用繪畫探索身心靈的活動。

18：00-20：00　到傳統日式居酒屋用餐交朋友。

20：00-　　　　參加日本人的中國茶聚會。

第五天：

10：00-12：00　　到梅田參加認識新朋友的活動。

12：00-14：00　　到天滿橋參加「移居日本鄉下」活動。

14：30-17：00　　到枚方市參加日本家庭的親子週末聚會，
　　　　　　　　　並跟主辦人討論之後一起去小學的事。

17：00-　　　　　到東大阪參加「認識北美原住民活動」。

第六天：

白天到傍晚：農莊一日遊。

晚上：參加日本人的尼泊爾咖哩活動。

第七天：

09：00-10：30　　跟員工說早安、閒聊。

10：30-12：00　　到一號店閱讀當天的《產經新聞》。

12：00-13：30　　約合得來的青旅員工一起吃飯。

14：00-15：00　　青旅一號店前枱實習。

15：00-16：00　　青旅二號店前枱實習。

16：00-17：00　　青旅三號店前枱實習。

17：00-19：00　　神戶放風自由行。

19：30-　　　　　參加神戶的交流會。

　　從第一週詳盡的行程規畫可以看出，每天上午就是 Ben 跟青旅員工與住客互動的時間，他們會一起吃早餐，閒聊看報或是看新聞，像家人一樣分享前一天的見聞和心得，閒來沒事也會出去散散步。中午一樣在青旅，跟合得來的員工或是住客用完餐之後，就進入了下午的行程。

　　下午之後是滿滿的活動，Ben 得不斷趕場，到不同地方參加當地人活動，像是他必須跟我的土耳其朋友用日文一起賣冰淇淋、到我其他朋友開的青旅去閒聊、參加當地語言交換聚會，也要和日本人到居酒屋吃到飽。

　　另外，我還幫他安排去日本人開的農場跟農家互動，也有和日本上班族的跨業交流人脈拓展活動。他也去了日本小學，向孩子介紹香港，也被參加活動的人邀請去吃飯，還被日本人邀請到他們家去住，就這樣度過了非常忙碌的兩個星期。

　　Ben 覺得這兩個星期的效果非常好，所以他又多參加了一個星期。因為有了前兩星期的經驗，日常生活語言基礎能力已穩固，因此我希望他在第三個星期，去挑戰比較進階、困難的沉浸式環境。

挑戰進階版沉浸式活動

　　什麼是比較困難的沉浸式環境呢？

　　跟母語人士吃吃喝喝、一起打球，或是爬山這種活動，算是最簡單的沉浸式環境，除了對話輕鬆之外，活動本身也很有趣，畢竟每個人都愛吃喝玩樂。

　　而比較進階的沉浸式活動像是研討會，或用日語上課，這類型活動不一定有吃吃喝喝，言談內容也比較精準正式。不過我想最難的一點，還是因為這些活動參加者不會對你特別有耐心跟愛心。

　　於是，我開始在網路上搜尋專業度比較高的沉浸式活動，例如創業投資基金舉辦的「新創公司行銷業務研討會」，參加者都是對創業有興趣的日本人，台上的分享者也是新創公司的創辦人或高階主管。在這樣的環境裡，Ben 可以自然地去接觸到商業日語的相關詞彙和表達方法，也可以觀察日本商業人士之間說話的方式，包括「敬語該怎麼用？」和「如何發問？」等商務溝通技能。

　　另外一個高難度沉浸式的例子，是大學課程和研究室會議。第三週快結束時，我安排 Ben 到一位教授的實驗室分享

所學，並聽其他研究生報告研究結果，讓他體驗學術日文用語，也嘗試用邏輯清楚且較為嚴謹的日語來表達自己。

最後 Ben 跟我說，這三個星期下來他沒有一絲後悔，而且非常感謝這段時間裡所有願意接納他的日本人和其他國家的人。他說，這種沉浸式做法完全超出他的期待，已經不只是學語言了，在不斷互動的過程中，你會交到真心的朋友，也會見識到日本社會的真實樣貌，甚至取得新的專業知識，這是結合文化、語言和社交能力的全方位學習。

他也進一步肯定，若跟他一樣的大學生考慮寒暑假去國外進修外語，一定要用沉浸式的方法。

出國學語言不一定要花大錢

現在，出國已經不再是有錢人的專利，特別是廉價航空盛行，我們去日本和其他鄰國的花費，有時甚至比坐高鐵從台北到高雄還要低。若沒有足夠預算的大學生，仍想趁寒暑假進修語言，最省錢又最有效的方法就是沉浸式習得，不要再把錢浪費在補習班或是語言學校了。

如果覺得懶得找活動、計畫，我建議就按前兩章的方

法，直接找一間青旅住下來就可以了：想學日文的人，就依照我們的青旅指南，去日本找一間青旅住一個月；想學韓文的人，就去找當地人愛用、而不是外國人專用的青旅，會遇到比較多韓國住客；想學英文的人，若經濟情況允許，就去美國或英國的青旅，若盤纏沒有這麼多，就去泰國。為什麼去泰國呢？泰國是歐美旅客的集散地，在泰國住青旅，會有非常多沉浸式習得英文的機會。

　　若你願意多花點時間計畫，那就找好的打工換宿機會，最好的選擇是大城市的青旅，這樣才能參加城裡各式各樣的活動。

　　無論你選擇哪一種方法，在學生階段若能有一次沉浸式體驗，對你未來的發展將有偌大的助益，沉浸式習得就是你成為國際人才的第一步。

CH11

國外沉浸式實例：
光是出國還不夠！留學生
如何沉浸式學好英文

　　歐文是一位來自南台灣的公務員，從小到大考試成績都不差，也考上不錯的大學和研究所，最後成為令周遭親友羨慕的公務員。然而，他一直有去國外留學、生活和工作的夢想，多年來斷斷續續地學英文，但一直都沒有很好的成效。

　　後來，他無意間發現了我的第一本書，參加高雄的多語咖啡、多語習得講座和活動，最後決定參加美國沉浸式習得。

　　我在帶他的過程中發現，他深受台灣升學考試制度影響，學英文就是為了考試，上補習班也是上準備考試的課，對於跟人交流興趣缺缺，又說自己生性害羞，所以英文一直學不好。

　　我心想，好在他決定參加沉浸式習得，這是他英文能力往上一階的契機。

不是英文不好，而是不敢開口說

　　我的美國沉浸式習得地點在亞利桑那州鳳凰城。習得方式不因國家、地區或是語言而有所不同，24小時都跟母語人士真情交流，是我們共同的目標。

　　前面提到，在日本很難隨意跟人建立關係，厄瓜多亞馬遜的克丘亞人則恰巧相反，非常容易建立關係，而美國人大概介於兩者之間，沒有日本那麼難，但又沒有克丘亞人這麼簡單。

　　例如在美國，你要隨便跟人攀談聊天，講講「small talk」（聊天氣、日常生活瑣事的搭訕或對話），大多數人都會煞有其事地回應你，但若要進一步建立情誼，他們未必願意；也就是說，如果你很會亂聊，又不怕搭訕，在美國其實走在街上隨便跟人說話，就能沉浸式習得，但大多數人應該還是像歐文一樣，需要靠參加活動的方式才能做到。

　　我運用同樣的沉浸式工具，幫歐文安排兩週的沉浸式行

程。跟其他地區一樣，我幫他找了一間青年旅館，並跟老闆溝通好沉浸式方針和做法，請他幫我們多照顧歐文。在活動安排上，比起沙發衝浪，在美國最好用的工具是Meetup，鳳凰城地區每天有上百場的活動可以參加。

我依照歐文的興趣和喜好找活動，很快就發現一個驚人事實：不怕沒活動，只怕你沒時間。

美國真的是一個公眾資源很多的國家，除了 Meetup 上面的活動之外，像是圖書館、大學、教會、地區活動中心、非營利組織、志工團體，每週都舉辦各式各樣的活動，任何人都可以參加，每一個活動都有跟母語人士大量互動的機會。前面也提到，雖然跟美國人建立真感情未必容易，但在每個當下，他們都會很願意跟人閒聊（當下是真誠的），只要你願意講話，他們都樂意傾聽，並給允回應，他們最怕的不是你英文爛，而是你不敢開口說。

不敢說話是歐文最大的問題。第一天沉浸式習得結束後，他非常挫折。明明在學校學了十年英文、在外面補習也補了十年，為什麼來美國還是一句話都聽不懂，讓他覺得不如歸去，回家好好睡覺，忘記學英文這件事。

這當然不是他的問題，於是我從頭開始跟他解釋為什

麼錯不在他,而是傳統的英語教學。就算過去 20 年真的是一場空,你現在砍掉重練,用沉浸式的方式學英文,不需要太多時間就能達到你想要的程度。如果我們真的需要 2,200 小時才能精通英文,你每天像這樣沉浸式 10 小時,也只要 220 天就能達到了。

當然,知道這樣的道理很容易,但沒有實際體驗過,一般人不會真的改變他的想法和行為模式,於是我決定用多語習得這個方法,去改變歐文的思想和行為。

在第二週的美國沉浸式行程裡,我特別加入一個「西班牙文沉浸式」的行程,讓完全不會西班牙語的歐文,跟我去一個由墨西哥人和美國人組成的西班牙文俱樂部。因為歐文事前不知道是怎麼一回事,所以他沒有辦法說「不」,或是跟我說「要先學好英文再學西班牙文」,就被我趕鴨子上架了。在場的老墨和老美雖然覺得有點奇怪,但聽了我的解釋之後也不多問,照常聚會,西班牙文的餐會自然展開,很快的,一個小時就過去了。

事後我問歐文的感想,他說:「其實沒學過西班牙文,好像也不是問題,就當作去看戲,放輕鬆之後就沒有什麼難的,反正都聽不懂,感覺倒是挺新鮮的。」

「那你就把英文當西班牙文學，這樣就不會不開心、壓力大了。」我為他做心理建設。

「那我還是學西班牙文好了。」歐文開玩笑地回答。

經過這次西班牙文體驗，也許是因為已經沉浸式一個星期，他也習慣了，歐文的英文有了突破性的發展。我至今仍記得，那天去酒吧時，他主動跟兩位美女侃侃而談，他自己也說不要思考太多，就可以越講越順，這是一個星期前他根本沒辦法做到的。

兩個星期之後，他表示這一趟沉浸式之行實在非常值得，他不但突破了 20 年來傳統英文教育為他設下的限制和障礙，也了解如何操作沉浸式，學會了跟歐美人士說話（他之前一直對歐美人士有恐懼症）。

回台之後，他申請留職停薪，前往澳洲留學。他知道念研究所或語言學校，沒有辦法真的沉浸式習得，所以他把我們在美國的方法複製到澳洲，上網找尋各種課餘時間可以參加的活動；另外，喜歡健身的他也去當地健身房，跟健身同好還有教練每天一起沉浸式習得。

給留學生的沉浸式建議

　　除非你去念大學四年課程，或是高中以下的留學，去國外念語言學校或是碩博士的留學，並不會給你理想的沉浸式習得環境，詳細原因我已做過詳細說明。因此，在國外念語言學校或是攻讀碩博士的留學生，若想讓自己的英文（法語、德語，或其他語言亦同）有所進步，必須運用我們介紹的沉浸式工具，去建立有愛的環境。

　　在公開做法之前先說明，因為我自己不只對學英文有興趣，也計畫同時習得多種語言，所以留學時代的沉浸式計畫，不完全是為了英文來做安排。但若單純從「英文沉浸式習得」的角度來看，這仍然是一個完美的計畫，雖然我參加過很多非英文聚會，但這些聚會裡有一半是美國人，他們也未必真的會講他們想學的外語，很多人一樣會害怕或沒自信講外語，說英文的比例仍占絕大多數。跟他們成為朋友之後，因為有對語言的共同興趣，交流自然頻繁有趣，也創造更多沉浸式習得英文的機會。

　　以下是我個人當年在美國的做法，供各位參考：

【就讀美國研究所時期，沉浸式習得一週行程】

星期一：

上午研究所課程、特教中心家教打工。

（注：教美國特殊生外語或是生物課，用英文教書對英文非常有幫助）

下午參加學校舉辦的韓語桌活動。

晚上參加鎮上或學校社團活動。

星期二：

上午念書做研究、特教中心家教打工。

下午研究所課程、日文系日語交流會。

晚上KU Polyglot（我自己創辦的多語交流社團）。

星期三：

上午研究所課程。

下午特教中心家教打工。

晚上參加當地小鎮的俄語聚會。

星期四：

上午早起去遊民之家做志工（非每週）、念書做研究。

下午參加教會免費中餐活動、研究所課程、學校的 International Cafe 交流活動。

晚上參加當地小鎮的法語和西班牙語聚會。

星期五：

上午去圖書館的 Writing Center 請人幫忙修改我的論文或報告。

下午研究生 meeting。

晚上基督教會 International Friends 免費晚餐、念聖經。

星期六：

白天找美國朋友或日本同學出遊。

晚上參加地方 House Party。

星期日：

上午去墨西哥教會和英文教會。

中午到下午去韓國人教會。

晚上找朋友聚餐。

　　大家看完以上行程，是否發覺我怎麼超過一大半的時間，都不是在念書、做研究？沒錯，雖然我研究所成績非常好，但我真的不是認真型的研究生，只是靠過去的「知識儲蓄」在完成研究所學業，大多數時間，其實都花在「沉浸式習得」和學其他語言。

　　如果是全心全意攻讀學位的研究生，其實非常忙碌，論文看不完、報告和論文更寫不完，有些人還得做實驗，怎麼可能有時間社交、沉浸式習得？我以前一直不理解，為什麼我在台大遇到有些教授明明留美十幾年了，但英文還是不太行，直到自己去留學之後才懂，認真的研究生才沒有空去學英文！

　　反過來說，如果你留學的目的只是希望開開眼界，並讓語言能力變好，那你真的不用花全副心思在課堂上，應該照上述沉浸在外語裡的方式，去過你的留學生活。

　　如果你既想精進語言、又想當一個稱職的研究生呢？這也不是不可能，你只要少睡一點，每天晚上 12 點睡覺，早上 6 點起來運動，開始新的一天，也是有機會的！

CH12

國外沉浸式實例：不只是打工度假！找到賺錢與學外語的平衡點

　　台灣有不少年輕人都想出國打工度假，有人想拓展視野，有人想存一桶金，有人純粹想體驗國外生活，就算打工度假的經歷無法在職場上加分，也都將成為豐富人生的無價資產。

　　打工度假的人往往也想利用這一年把語言學好，那麼具體到底該怎麼做，才能在打工度假期間有效學好外語呢？讓我們來看看伊婷的故事。

明明英文單字懂很多，還得別人出面溝通

　　伊婷大學畢業後投入軍旅生涯，據她與朋友的說法，

她當年是陸軍有名的「國軍之花」。當了 4 年的「軍花」之後，她決定退伍，回到民間另尋出路。她嘗試各種不同的工作後，因緣際會走上了滑雪這條路，立志成為一名國際滑雪教練。

然而，要成為可以在國外教學的滑雪教練，必須要有很好的語言能力，除了英文是基本之外，想去日本當滑雪教練的她，最好還能通曉日語，但她完全沒有外語基礎，不要說日語了，英文能力也近乎於零。

先前也提到，傳統語言教學方式本就成效有限，更不適合不善於「考試念書」的學生，所以伊婷無意間發現我上一本著作《這位台灣郎會說 25 種語言》之後，很快就在網路上聯繫我，參加多語習得講座和多語咖啡，以及我們舉辦的第一屆日本當地沉浸式習得。

雖然伊婷上過我的課，也大致了解語言習得和沉浸在外語裡的概念，但真要實踐時，仍是一大挑戰。

我記得她到大阪、剛開始沉浸式習得時非常緊張，想把聽到的日文全部抄寫下來，把每個日本人真的都當成「老師」而不是「新朋友」，對人一直說謝謝，就像 M 在亞馬遜一開始那種無法放輕鬆的狀態，伊婷也忘了要時時保持多語

習得的開放心態。

　　有一天，同樣住在青年旅館的美國旅客邀伊婷去吃飯，我看到她猶豫不決，就問：「妳為什麼不去呢？」她說：「我是來這邊學日文的，而且我英文不太行，也想省點錢……」

　　我鼓勵她：「學好英文也是妳的目標，不一定要每天講日文；如果有好的交流機會，當然要去！」半信半疑的她，在我的鼓勵下，決定跟這位美國體育老師安東尼歐一起去吃墨西哥塔可。回來之後，我就問她這次的體驗如何，她說：「很好玩！而且我發現自己會的英文、聽得懂的英文，比想像中的還要多，不要害怕、敢講敢溝通，就不難了。另一個跟我一起去吃飯的台灣人因為很害怕，即使她知道的英文單字比我多，但就是說不出口，也因為聽不太懂而不敢多說，最後都是靠我在跟安東尼歐溝通。」

　　這次非日文的沉浸式經驗讓伊婷信心大增，她也了解到「放鬆」跟「無心插柳」這件事對沉浸式習得的重要性。於是她放下筆記本、放下想了解別人每一句話、每一個字在講什麼的執著，享受用支離破碎的日語加比手劃腳，跟日本人交流的樂趣。

　　一個星期後她跟我說，自己從沒想過能跟這麼多日本人聊天，也交到幾個到現在還一直有聯絡的好朋友，她非常喜歡這種學語言的方式。

環境對了，心態對了，真的不用刻意學外語

　　幾年後，伊婷開始日本打工度假生涯，立志成為滑雪教練的她，選擇前往北海道滑雪場打工；打工的同時，她也在準備加拿大滑雪教練執照的英文考試，把沉浸式習得概念用在學英文上。

　　日本滑雪場有非常多來自澳洲的工作人員和遊客，她就把這些人當作沉浸式練習對象，和他們交流並聯絡感情；此外，有別於一般人為了學英文而學，她是把英文當做「考過滑雪考試」的工具，所以更能以「用英文」的概念去沉浸式習得。

　　她回憶這段歷程，如果只看考證照專用教科書，她會覺得英文好多好困難，但如果每天都能跟人說英文、用英文教人滑雪，證照考試書就沒這麼難讀了。最後，她順利通過考試，取得加拿大英語滑雪教練執照，英文也真的練起來了。

　　所謂「弟子的成功，是師父最開心的事」，尤其是這種從完全不會變成會的案例，更讓為師的我非常開心。於是我特地到她目前工作的滑雪場，山形縣的月山拜訪她，看看她有沒有認真沉浸式習得日語。

　　月山位處鄉下，但在滑雪界是非常有名的聖地。這裡是全日本唯一一個在夏天也可以滑雪的地方，但特別的是，這裡冬天不能滑雪，因為積雪量過多，纜車等設施都無法使用，必須等每年4到5月後才會開放。

　　我一到就先問伊婷，為什麼來這裡工作，她說：「我覺得要找一個幾乎沒有台灣人的地方，全部都是日本人更好，這樣才能有效沉浸式習得。跟台灣人在一起就會忍不住一直說中文。」

　　目前，她工作的地方只有她跟一個台日混血的男生，其他所有人都是日本人。她平常很會創造聽說日文的機會，也很會把握和日本人相處的每分每秒，不管聽不聽得懂，她都願意跟老闆和其他員工一起行動、吃飯。

　　比方說，她住的民宿老闆特別邀請我，跟全體員工一起到廚房吃晚餐，全程日語，沒有翻譯。談論話題很廣，從「阿信」聊到日本「老鼠會」，伊婷完全可以做到「不是全

聽得懂，但自在地身在其中」這一重要沉浸式原則，有興趣的內容，她之後會再私下問人。這是沉浸式習得很重要的做法：聽不太懂也要參與，但不需要給自己一定得完全理解的壓力，只要放輕鬆即可。

很多語言學習者，在觀念上一直過不了這一關。好不容易有每天跟母語人士相處的機會，母語人士也能體諒你日文還不好，但許多人仍認為聽不懂就無法參與，或認為就算參與了，聽不懂還是聽不懂，心態上和行為就越來越退縮，錯過了進步的機會，也讓自己學得很辛苦。就像一開始提到的「賣可魯」的例子，明明人在日本，卻錯失學好日文的良機。

伊婷還有一個優勢，就是她沒有給自己學日語的壓力，因為她工作上最重要的是英語，其實日語不夠好，也沒有太大關係，學到就當是賺到，也正因為這樣輕鬆的心態，反而讓她更容易習得，知道自己只要多說、多跟日本人相處，自然就會大有進步。

她也跟我分享，用沉浸式習得新語言，真的不用刻意背單字，因為每天跟日本人密集相處，代表同樣的字會出現非常非常多次，一次沒聽懂，接下來還有無數次的機會；一

次沒記起來，幾分鐘之後馬上又會聽到一次，在這樣的環境下，就算記憶力沒有特別好，也能透過情境建立永久記憶，越學越多。

找到打工度假的平衡點

至此，我們整理一下打工度假的沉浸式習得要點：

- **找台灣人不多的打工地點：** 好比在日本如果想學日文，就找都是日本人的環境；在澳洲如果想學英文，就找都是澳洲人的環境。

  說到澳洲打工度假，不得不提醒大家一個問題，很多人都是在沒有社交活動的鄉下農場或是肉品工廠打工，周圍又都是台灣人，這樣是無法創造沉浸式環境的。因此，若真有心要在澳洲打工度假時學好英文的人，必須在「賺錢」跟「學英文」之間找到一個平衡點，比方說在大城市可能比較難找工作，薪水也比較低，但有比較多創造沉浸式環境的機會，所以你打工度假的目的若主要是想學英文，就應該往城市跑。

- **敞開心胸跟當地人建立好關係**：積極相處、一起出遊，把握每一次接觸的機會。程度還不好也不要怕，語言能力不夠也是能交朋友的，如果語言不通就不能彼此交流、建立關係，世界上怎麼還會有成千上萬用 Google 翻譯來溝通的異國戀情侶呢？
- **要習慣聽不懂、記不住**：無論再受挫，也請放寬心。
- **相信自己一定學得會**：現在覺得學不會，很正常，是學會之前的必經過程。
- **放輕鬆**：生活開心沒壓力，自然學得好。

　　最後，如果你打工度假的地點是大城市，可以利用我們介紹的沉浸式工具，主動搜尋當地活動，只要有空就去參加，豐富自己生活的同時，語言能力也會越來越好。

台灣沉浸式實例：
哪裡有外國人、外語環境，
就往哪兒去

常有人問我：「Terry，為什麼你要辦多語咖啡？」

原因當然有很多，我希望有個地方可以讓大家學會語言、愛上語言，透過多語咖啡向社會發聲、改革語言教育，但也是為了我自己。我想在台灣打造沉浸式環境，繼續精進語言。

台灣沉浸式成功見證

多語言咖啡有所謂「桌長」制度，當天每一張語言桌，都會有一個來自該國的志工主持，日文桌就是日本人，法文桌就是法國人，英文桌則不限國籍，一來是會英文的人非常

多，二來我們希望透過英文這個比較多人會的語言，帶大家去認識世界。

這些桌長去哪裡找呢？當然是由我們自己邀約，又因為不是雇主和員工的關係，所以我去找桌長時，都是用交朋友的方式，一起吃飯聊天，也會偶爾一起出去玩；有時我會把當地所有桌長都叫來，一起開派對慶功，總之我在幕後花不少時間在跟桌長互動。

多語咖啡目前已在台北、臺中、高雄和臺南生根，和我頻繁互動的桌長，總計多達20到30位，有日本人、法國人、西語系國人、韓國人、印尼人、越南人、英國人、奈及利亞人等。如此粗略統計，我有超過一半的時間在使用英文、日文，法文、西語等世界各國語言，讓我即使生活在台灣，也能沉浸式習得。

這五年來的個人經驗告訴我，在台灣，以最多人學習的英文或是日文來說，要做沉浸式習得是可能的，甚至可以做「沉浸式生活」，也就是明明人在台灣，但每天使用的語言卻以英文或日文為主。

那麼，除了英日語之外，有沒有可能在台灣沉浸式習得其他語言呢？

　　根據內政部網站 2015 年的統計資料顯示，居留在台灣的外籍人士第一名是印尼 220,688 人，第二名越南 165,849 人，第三名菲律賓 122,063 人，第四名泰國 65,194，第五名馬來西亞 17,626，第六名日本 12,728 人，第七名美國 9,203 人。除了這些長期居留的人之外，還有短期居留、遊客和留學生，也就是說，至少以上這七個國家的語言，我們都能在台灣有效地用沉浸式方法習得，就算不是以上這七個國家的語言，也能夠做到部分沉浸式習得。

　　Joanne 是我草創多語習得活動網時期的講座課程學生，她知道的英文單字不多，用的句子也很簡單，在一般人眼裡，或許覺得她外語能力普通，但我很快就發現她的特別之處。

　　Joanne 不像大多數台灣學生一樣害怕說英文，很勇於表達自己，這讓我對她的學習歷程深感興趣。於是有一天，我約了她和幾個同學到某個外國人集散地閒聊兼實戰沉浸式。

　　在滿是外國人的場合裡，Joanne 如魚得水，能跟任何膚色的人一起射飛鏢、聊天喝飲料，聽力口語完全沒問題。她射玩飛鏢後回來，其他想講又不敢講的學生，紛紛用羨慕的眼光看著她、問她英文怎麼學的。

「我就是在這種地方學的。常常來玩、來交朋友，久了就會從只聽得懂一點點，變成聽懂很多，從只會說單字變成能說句子。但我的句子應該文法不太正確，你們不要學我喔！」

像 Joanne 這樣默默地在台灣沉浸式習得的高手實在不少，像是在同一家店裡的一名台灣員工，也都是用同樣方式學外語。她說：「一開始來超挫的啊！客人點什麼酒，我都聽不懂，跟內場廚坊的菲律賓廚師講英文，也講不通。但久了就習慣了，現在什麼客人來，我都可以用英文跟他哈啦很久。」

如果你還是很懷疑，零基礎、沒出國，也能跟他們一樣在台灣沉浸式習得外語嗎？接下來的故事肯定讓你更吃驚。

有一回，我去台大附近溫州街參加一場法文愛好者聚會，坐我旁邊的女生說著一口渾然天成的法語，彷彿她是在法國長大一樣。我好奇地問她怎麼學法語的，她說：「我其實是法語文盲，只會聽跟說，不太會讀跟寫。」我大吃一驚，如果她在法國長大但學齡前回台，那麼只會聽說、不會讀寫還算合理，但她在台灣到底是怎麼辦到的？

「我有兩、三年的時間，都在高雄法協當櫃枱人員，我

每天就聽那些法國人和法國老師講法文，沒事就模仿他們，或是講幾句跟他們練習。一開始他們認為我只是玩玩，應該也沒辦法學會，但最後我竟變成法協最好的宣傳。我真沒研究法文怎麼寫，也真的不會讀啦！」

除了英文和法文的例子，在台灣沉浸式習得日文的故事更多，我就不多說了，而是要提供讀者一個可以賺錢又「沉浸式習得日語」的機會：我常去的酒吧 Room J 非常歡迎完全不會日語的台灣人去打工，只要你願意學習，無論程度如何，老闆都歡迎，有興趣的讀者請跟我聯繫！

我在台灣創辦多語咖啡、打造沉浸式環境，也正是希望能達到以上效果。

接下來，讓我們來看看如何在台灣套用更多沉浸式習得工具。

在台灣也能沉浸式住宿

先前談到如何在國外沉浸式時，我們介紹過青年旅館、打工換宿、分租雅房和寄宿家庭。在台灣沉浸式也可以用到這四個工具，只要稍微調整一下就可以做到。

台灣的青年旅館

即使你人在台灣，也可以住青旅，甚至你明明住在台北市，你也可以去台北的青旅過週末。我的英國朋友克斯蒂就常常從淡水跑去住西門町的青旅。當然，你可能會想，為什麼要浪費錢住在外面，讓我們換個角度想，如果這是一個有效學會語言的方式，為什麼你不把這當成學費？而且這學費算起來其實非常便宜。

舉例來說，如果你想沉浸式習得英文，你花 1,200 元到青旅住兩個晚上，獲得了 20 小時跟人說英文、真實交流的機會，你付的英文學費只有每小時 60 元，這比任何一個線上英文會話平台都便宜；更重要的是，你得到的是真心誠意、有品質的沉浸式，不是收錢才陪你聊天的老師。

現在台灣也有非常多青旅，讓人眼花撩亂，但對沉浸式習得來說，選擇並不多，只有外國旅客比例很高的住處才有沉浸式的價值。那我們如何知道一間青旅外國人多不多，又哪一個國家的旅客最多呢？

線上訂房網站像是 Booking.com 都有「評價留言」，若裡面有很多來自世界各國的評價，就代表外籍旅客比例較高；另一個叫做 hostelworld.com 的訂房網站，甚至會顯示出

當天該網站線上訂房的國籍與人數。當然,這些線上資料也不是百分之百準確,更好的方式是晚上到現場實際考察,看住在該青旅的客人,是不是真的外國旅客比較多。

還有一個值得參考的是價格,雖然這不一定準確,那就是價格越低的青旅,越容易遇到週末來大城市過夜的本國人;本國人不是不好,但我們的目的是沉浸式,如果住到都是本國人的青旅,就沒有太大的意義了。

另外,日本旅客是一特殊族群,他們偏好住在日本人經營的青旅,所以你可以用日語的「日本人　ゲストハウス」當作關鍵字搜尋,就可以找到日本人喜愛的青旅。

青旅沉浸式的詳細教戰,已在先前提過,但在自己國家住青旅的你,有更多可以操作的空間:比方說,你可以主動介紹當地美食給外國旅客,帶他們去觀光、當地陪,你也可以說台灣的故事給他們聽。大多數旅客都是出來玩的,希望有特殊的在地經驗,因此都很願意跟當地人聊天,特別是歐美旅客,因為他們假期長、時間多,更願意接受計畫之外的體驗;反過來說,亞洲旅客因為假期短,旅遊習慣偏向照著計畫走,你的臨時起意往往在他們計畫之外,成功機率不大。

台灣的打工換宿

在台灣，對沉浸式習得比較有效的打工換宿當然是青旅，但也找得到一些國際化的農家或餐廳，裡面有大量的外國人，總之，到 workaway 上去看看就對了。

若要找台灣的青旅打工換宿，依照前述的青旅指南選擇即可，但要小心台灣雇主的剝削，我發現台灣打工換宿的小幫手有過勞傾向，不可不慎。

最後，還是一句話，沒有經濟壓力就不要選擇打工換宿，專心沉浸式的效率還是最好的。

分租雅房

台北古亭一帶有很多專租外國人的雅房或套房，大稻埕一帶也出現新型的共居空間。但一起住還是難免有相處上的問題，是否能創造出沉浸式環境，也很難說得準。若有興趣一試，可以參考「玖樓」共生空間。

寄宿家庭

你是台灣人，當然不可能再跑去另一個台灣人家寄宿，但你可以接待外國人。

　　台灣的各級學校、地方團體、教育部和縣市政府，都有大大小小接待外國人或外籍學生的計畫，用「接待家庭」去搜尋，就可以找到很多資料，但更簡單的方法是用沙發衝浪，直接登記願意當沙發主，就可以接待來自世界各地的沙發客。若對「陌生人來家裡住」有疑慮，可以只登記「願意招待喝咖啡」，或跟家人一起與第一次見面的外國人到公眾場合碰面，就沒有疑慮了。

沉浸式環境創造工具在台灣的應用

多語咖啡（polyglot.tw/café）

　　從來沒有做過國際交流？不知道從哪裡開始沉浸式習得？從我經營的多語咖啡開始是最好的選擇，而且特別適合「沉浸式習得」的初學者。

　　多語咖啡這一類型的活動，一般稱作「語言交換活動」，但多語咖啡有別於一般語言交換，除了有團隊協助學習者外，我們的外國人志工團隊（稱作桌長）也會維持用外語聊天的秩序，即使你不太會社交，也不會被晾在一邊沒人理。

　　一般的語言交換活動是「自生自滅」模式，社交能力很好的人如魚得水，社交能力差的人就辛苦了。但這是可以練習的，從多語咖啡開始練習，就是最好的方法！有興趣嘗試的朋友，我自己經營的多語社群，就是你最好的起點！

沙發衝浪（Couchsurfing）

　　除了可以利用沙發衝浪當接待家庭，還可以在台灣參加「參加聚會」「出去走走」和「主辦活動」。

　　台北的沙發衝浪活動很多，有語言交換、爬山健行、免費導覽和吃吃喝喝，只要主題是針對來台外國人的活動，都值得一試。至於其他地區的朋友，可以化被動為主動，上沙發衝浪網站舉辦活動，讓外國人來找你！就像我們舉辦多語咖啡一樣，也是從主動舉辦開始，除了自己去認識外國人之外，還有不斷在網路上宣傳，久了就會有越來越多人參加。而且，就算沒太多人參加，你也沒有多大損失，自得其樂就好！

全球聚會交流工具（Meetup）

　　台灣的 Meetup 和沙發衝浪的重複性很高，也可以像沙

發衝浪一樣「化被動為主動」舉辦活動。但 Meetup 需付費舉辦活動，所以如果你想在 Meetup 舉辦活動，建議要有長期執行的決心，才不會浪費錢。

搜尋志工機會

台灣也有跟外國人一起當志工的機會，國際性組織是一個選項；臉書也有大大小小的社團，提供在台灣的外國人加入志工行列，例如臉書社團「Taiwan Volunteer and Charity Club」；志工活動像是去機場訓練流浪犬，讓狗狗習慣機場環境，將來被國外善心人士領養時，從台灣到美國能比較順利，詳情可以參考 https://www.marysdoggies.org/。

圖書館或區民中心

很多語言學習者可能不知道，現在全台灣各大小圖書館的外文圖書越來越多，想看英文書、法文書、越南文書還是泰文書，不用上網買，到圖書館去借就好！

免費語言課程

教中文很難發大財，但若可以幫助外國人學中文，又

可以讓自己有更多沉浸式機會，何樂而不為呢？台灣各地都有新住民中文教室，也有教會開辦的中文課程，我的多語達人朋友「小蔡」就是去收容越南移工的教會教中文，練成他的越南文。建議大家可以到這些地方當志工，多認識外國朋友，就可以「上課教中文，下課講英文」。

教會

台灣的教會可以練英文，也可以練日文，試著去搜尋教會資源，主動一試；若覺得不合適，再找另一間教會即可。

大學社團

台灣的大學社團其實態度開放，無論你來自校內外、年齡大小，都不成問題。如果住家附近有大學，可以詢問能否加入該校語言類社團！

上技藝課程

你有想過用英文學瑜伽、日文跳街舞嗎？這種讓你把注意力集中在「做」的活動，算是最好的沉浸式習得，以「Taiwan Yoga Class in English」為關鍵字，搜尋看看吧！

臉書

台灣臉書的使用特別發達，用臉書的「活動」功能去搜尋在你居住城市的活動，一定會出現非常多搜尋結果，裡面也一定有適合沉浸式習得的活動，但比例上有城鄉差距，很可能最後你得跑台北一趟。

免費幫助外國人學中文

想吸引外國人加入你的沉浸式生活圈？你可以上網舉辦活動，告訴大家你願意免費教學，幫助外國人學中文。至於怎麼教？本書第三部會跟大家分享，就算沒有受過任何教學訓練，你也可以用沉浸式方法，第一次「教」中文就上手。

找語言交換

我念大學時，很常去台大或師大外語中心公布欄，尋找語言交換的對象。四年下來，我發現這種一對一語言交換，效果實在不是很好，兩個人坐在那邊刻意講話，很難真的聊起來，而且常常覺得尷尬。

我認為找語言交換比較好的做法是兩個人自然地相處，該吃飯的時間就去吃飯，最好是邀請對方進入自己的朋友

圈，透過朋友圈讓雙方都有沉浸式習得的機會。例如你今天
找到了一個日本的語言交換對象，你可以請他下次跟他的日
本朋友出去時讓你參加，你就可以自然而然地跟他們講日
語；同樣地，你跟你的台灣朋友出去時，也可以邀他加入，
出遊期間只講中文，不講日語。

補習班

從沉浸式習得觀點看，去補習班不是為了上課，而是把
補習班當成沉浸式習得的地點，追求的是能使用語言，以及
聽到目標語言的機會。

我以前大學時曾短暫學過義大利文，那時苦於沒有認
識義大利人，也沒有線上資源可以讓我常常聽到義大利語，
所以跑去一間小有名氣的義大利語補習班，跟櫃枱工作人員
說：「可不可以讓我上你們這邊最高級的班級，我要那種同
學跟老師都只說義大利語的等級，而不是那種老師用英文或
中文解釋文法、同學都在說中文或用英文閒聊。喔，對了，
不要管我程度如何，我自有辦法。」

一開始，櫃枱非常不樂意，用了許多理由拒絕我，說我
會干擾大家上課，造成老師困擾，我根本聽不懂等；經過我

再三保證不會造成任何人的麻煩之後，他們才點頭答應。

　　如果你也用這種想法上補習班，需要調整平常上課的態度和方法：第一，上課內容不是很重要，但上課爭取到最多發言的機會，就非常重要；再者，你要把課堂當成像多語咖啡一樣，是一個社交場合，用跟老師和同學培養感情的態度去上課；最後，你可以跟母語老師混熟一點，下課請他吃飯，或是找時間約他跟你的好友出去玩，其實外國人在台灣都很寂寞的。

搜尋外國人集散地

　　除了網路科技，我們也可以四處打聽外國人集散地，比如說台北的法國人喜歡去一個叫French Kiss的餐酒館；中正紀念堂的Revolver任何時間都有滿滿的外國人光臨；週末的圓山麻吉市集是超大型外國人廟會；林森北路的Room J是一間只有日本人會去的小酒吧……這些資訊不一定可以馬上在網路上找到，但你開始沉浸式習得之後，在過程中遇到的人就會給你更多的資訊，不用擔心找不到地方去試。

　　沉浸式習得是一種生活方式，在台灣做沉浸式習得，其實已經超越了「學語言」本身，你的人生將會產生非常大的

變化，這樣的變化不但新奇好玩，也充實人生。我希望你不只用學語言的角度來看待沉浸式習得，而要想說這將會讓你的生活不只如此，從此變得更多采多姿！

CH14

沉浸式習得人際關係：
如何跟外國人做朋友、
聊得來

　　在我個人的經驗中，排名前三、沉浸式學員最常問我的
問題是：

　　1.不知道要聊什麼，怎麼辦？

　　2.怎麼跟剛認識的外國朋友聯繫情誼？

　　3.這樣做、那樣做，會不會不禮貌？

　　本章就要來回答這些國際交流時常見的問題。

國際交流的哲學

我 20 歲之前，幾乎沒有跟外國人有所交流。所謂外國人，就是跟我的母語、國籍和成長背景完全不同的人；所謂交流，就是自發性地去建立非親屬關係的友誼。

所以，雖然我曾跟在紐約的表弟一起玩一款名叫「暗黑破壞神」的遊戲，但這並不算「跟外國人交流」。我人生的前 20 年一點也不國際化，但這 10 多年來卻過得異常國際化，最常使用的語言不是中文，而是英文和日文，臉書上的朋友最多的是日本籍友人，不小心去了 70 多個國家，目前過著一年只有 100 多天在台灣的生活。

最近五年，我開始經營多語習得活動網 Polyglot.tw，舉辦多語咖啡、沉浸式習得和各式大小活動，每天都會認識新朋友，這些朋友來自台灣、日本、美國、新加坡、獅子山共和國，甚至阿爾巴尼亞人，幾乎任何國家的人都有可能。雖然認識人的過程對我來說像喝水一樣自然，但我總是會思考一些國際交流的問題，像是：「認識外國人和本國人真的有不同嗎？」或是「國際交流真的需要特殊技巧嗎？」

跟外國人交流，等同跟本國人交流

　　雖然我和世界各國人交流的過程中，不會把外國人當作特別的對象來看待，但每個國家的人普遍還是有一些基本特色，像日本人很愛乾淨、韓國人大多愛吃辣喝酒、拉丁美洲人愛遲到等。不過，因為每個人個性都不同，我在面對個人時，其實沒想太多，把任何人都當「地球人」看待，簡單來說，就是一視同仁。這種不把外國人特殊化的做法，是國際交流最好的心態。

不過分擔心禮節和文化差異

　　我的個性比較大而化之，跟人相處時，並沒有太在意禮節，講究的是真誠。

　　開始和外國人接觸後，我一開始有考慮到文化差異的問題，但後來發現，大多數會主動做跨國交流的外國人，並不會特別在意文化禮節的差異。我以自己有過深度交流的日本社會為例，不管是個性多大而化之的日本人，仍非常注重禮貌，人與人的相處，也有很多潛規則和禁忌。例如，日本人進家門後，在玄關脫鞋子時，鞋子的方向必須向外，不可向內，我雖住過一百多個日本人家裡，但總是忘記這一點，就

算是看過我屢次犯這種「低級錯誤」的日本朋友，也沒有多加責難。我曾想過，這有可能只是日本人隱忍我的錯誤，但後來我發現，他們對其他外國人也是如此，而且真的不會計較，這是為什麼呢？因為他們是一群很特別的日本人，名叫「願意跟外國人交流的日本人」，他們跟世界上其他願意跟不同語言文化背景交流的人一樣，都是很特別的一群人。

全世界願意跟外國人交流的人，都已做好接受文化差異的準備，他們對外國人感興趣，也知道外國人一定跟自己不一樣，當外國人做出不符合自己國家文化的行為時，並不會加以責難；反過來說，那些真的會跟你計較禮節、對外國人沒什麼興趣的人，根本不會跟你交流，也不想跟你多說幾句。

因此，在願意跟其他國家的人交流的這個「小圈圈」裡，大多數人的心胸都非常寬大，也熱愛異國文化，若不是這樣的人，根本不會跟你國際交流，你也不太可能有機會跟他們打交道。

這樣說並不是要大家言行白目，而是保持一顆「真誠沒有惡意」的心，去大膽交流，如果真的有什麼對方不能接受的事，趕緊說對不起，願意交流的人都會原諒你的。

那文化衝突是怎麼來的呢？我認為是把對國際交流沒興趣的人湊在一起，就會發生。甚至不用兩個國家的人，在同一個社會裡，只要把兩個成長背景不同又不願意跟別人交流的人群擺在一起，馬上就會吵起來。

對人好奇是一切的基礎

我每次遇到新朋友，總有許多問題想問對方，其實也不是我很會想問題，而是我對每個人都充滿好奇。

試想，在全世界數億人口裡，這一個人剛好出現在你面前，不就是一件很神奇的事嗎？

每個人都一樣，想要的都大同小異

從表面上來看，世界上有很多不同的的文化、語言，也有不同的膚色，要把兩個不同國家的人講得多不一樣，就可以講得很不一樣。但撇開這些文化、語言和外表上的不同，我認為人根本上都是一樣的——我們都想被愛、想吃好吃的東西，想成就自己身而為人的基本欲求都大同小異，但未必是像馬斯洛的需求金字塔所說的，生理需求一定是最重要的，而是所有欲求都同時存在，也同等重要。從這一點來

看，我們每個人應該都是一樣的。

語言真的不是問題

　　很多人以為，我有外國朋友是因為我會多種語言，我要再次鄭重地說，語言和交朋友真的沒有絕對關係。我認識一位名叫八木的日本媽媽，她只會講日文，但她不怕對方聽不懂，也喜歡跟外國人交朋友，常主動邀外國人去她家吃飯或住一晚，我就是在一場烤肉派對上認識她，被她邀回家住。她也長期接待外國留學生，就算對方日語很差，也絲毫不在意。因此，她在全世界任何一個角落都有關係非常好的朋友，橫跨各大洲，甚至遠達非洲迦納。

　　如果語言不重要，那什麼才重要呢？想要和對方溝通的心才是關鍵。只要你真的想，就能傳達給對方。

跟所有人做朋友

　　就算你私心只想跟日本人交朋友、練日語，你也應該對所有人感興趣，要不然會讓人覺得你很勢利。

　　在台灣，外國人圈子都很小，如果你風評不好，壞事很快就會傳千里。而且，就算你只想認識某個國家的人，你也

很難靠自己去認識，若能在外國人圈子廣結善緣，他們會再介紹你他們的朋友，如此一來，才容易認識更多人。

聊天和建立情誼的藝術

有了以上與人進行國際交流的基本認識之後，再來談一些技巧面的要點，像是如何製造話題，以及怎麼維持情誼。

如何製造話題

剛認識一個新朋友時，記住對方的名字是最重要的事，如果沒有辦法記住名字，至少把這個人的特色記下來，然後在心裡幫他取一個容易記的綽號。

我在非洲納米比亞認識一個非常聊得來的朋友，我也問過他叫什麼名字，但後來就忘了，一直到跟他在日本再相見時，都沒有想起來，於是我就叫他「逼逼多先生」（日語 bibitto san 的發音），因為他曾經是很有名的日本綜藝節目《bibitto》的製作人。我跟他在日本三重縣的伊勢志摩再會時，還直接對他說：「我其實不記得你的本名是什麼了，所以我都叫你『bibitto』，可以再告訴我一次你叫什麼名字

嗎？」

　　進入聊天階段後，一個絕對有用且對將來很有幫助的
話題，就是「你從哪裡來？」如果你剛好去過或對他的故
鄉略知一二，馬上可以延伸話題；如果不知道，可以拿出
Google 地圖，請他在地圖上指出家鄉，回頭再看看維基百科
有沒有什麼有趣的事，並把這個地方記下來，下次再見面就
可以用到。

　　我十分鼓勵大家平常多看世界地圖，並充實世界地理
歷史知識，認識新的外國朋友時就會派上用場。有一次，我
在多語咖啡認識一個來自雪梨的朋友，我馬上跟他分享一個
雪梨當地的笑話。在雪梨有一個叫「邦代」（Bondi）的海
灘，被戲稱為「紐西蘭難民海灘」，因為比起澳洲，紐西蘭
的工作和薪資條件比較差，又紐西蘭和澳洲是兄弟國，紐西
蘭人可以自由地在澳洲工作居住，所以許多紐西蘭人都舉家
前往澳洲工作生活，而離紐西蘭最近的大城市就是雪梨，因
此人氣海灘 Bondi 就被戲稱為「紐西蘭難民海灘」。這個當
地故事讓澳洲人笑得合不攏嘴，也跟我說了更多有關那片海
灘的故事，我們對彼此都留下深刻印象。

　　要是「你從哪裡來？」還沒能讓你們聊開，接下來可以

嘗試聊工作、興趣或是喜歡的食物或飲料。

還有，你也可以從問問題的方式改成分享自己的故事，也就是心理學所謂的「自我揭露」，講一些自己奇怪、好笑或獨特的事蹟。我最近常跟人說起的獨特事蹟有「從日本岐阜市騎車到名古屋市」「從柏林西端一路走到東南端」，和「從新竹火車站騎 Ubike 到竹南」。

如果前幾個話題聊得起來，那你們倆應該還算合得來，那就要趕緊約下次見面，以穩固情誼。約吃飯是最好的方法，而且這一餐就由你請客。因為國際交流機會往往稍縱即逝，下次再見面就不知道什麼時候了，千萬不要想：「唉，才剛認識就約別人，好像不太好。」我在美國念研究所時，有天在校園裡閒聊，認識了一對俄國夫婦，興趣相投的我們很快就聊開了，俄國太太馬上跟我說：「等一下你來我們家吃飯，因為認識一個人最好的方式，就是約他到家裡！」

如何維持情誼、保持聯繫

雖然「再見」不容易，但維繫感情最好的方法就是「再次見面」，所以只要有機會碰面，就不要輕易放過。

我認為這是我國際交友成功的最大原因，只要有機會拜

訪任何一個朋友，我都會把握時間，即使是一小時，我也不會放過，不是因為我刻意要維持「人脈」，而是因為我真心覺得這樣做很值得。可以在一個意想不到的地方，跟好久不見的朋友再會，這難道不是值得開心的一件事嗎？

我在納米比亞認識了另一位來自群馬縣高崎的日本朋友，之後去東京時我就會想：「都來到這裡了，坐新幹線去高崎也不用一個小時，那就去找他吧！」

那不見面的時候，會不會聯繫呢？我不會刻意聯繫朋友，但剛好想到他們時就會傳訊息。像是我的美國好友約翰非常喜歡便宜或是免費食物，只要我在世界上發現什麼驚人的超便宜優惠，我就會馬上跟他說。

最後，如果你不小心交了太多朋友，沒有辦法一一見面，該怎麼辦？很簡單，你只要揪團辦派對就可以了。請朋友到家裡吃飯、一起出去玩，或是舉辦營隊，都是很好的辦法；你也可以把興趣或經驗相同的朋友，都找來吃一頓飯。例如今年初，我在納米比亞認識了非常多日本朋友，在他們回到日本之後，我就發起一場「納米比亞聚會」。

語言是目的，還是交朋友是目的呢？

從沉浸式習得的觀點來看，交朋友是一種學新語言的「手段」，但若我們仔細想想，就會發現這個手段其實才是我們真正的「目的」，或是說學語言和交朋友一直是手牽手密不可分的兩件事。

這十年來，我有許多令人稱羨的經驗，包括出書、每年用極少金額環遊世界，甚至登上日本和世界各地媒體，若要探究這些事情背後真正的原因，並不是因為我精通多國語言，而是因為我這些年來都用「沉浸式習得」的方式去接觸語言、不帶目的地真心交友，在不知不覺中廣結善緣，這些人際的力量，讓我一路走來有許許多多難得的機會。

人脈不一定是錢脈，新朋友也不一定會讓我們「翻身」，但新的人際關係絕對會給我們帶來新的機會和更多的可能性。

從這角度來看，或許「學會語言」只是沉浸式習得的附加價值，沉浸式習得最大的價值，其實是學語言過程中建立的國際情誼。

ch15

不懂文法也學得會

　　許多讀者看到這邊，可能心裡納悶，我怎麼都沒講背單字或是學字母、音標，也沒有談文法，更沒有提到閱讀？如果你也有這樣的疑問，在此請大家先回想，你學母語時，有先學單字、文法、閱讀，還是音標嗎？

　　沉浸式習得就是「把外語當母語學」，用學母語的方法來學外語，當然不需背單字或學文法，當初你怎麼學會母語，又照什麼順序學的，沉浸式習得差不多就是如此。

　　接下來三個章節會進一步探討，沉浸式習得如何面對傳統語言教育「文法」「單字」和「閱讀」的問題。

什麼叫文法？一個名詞，四種意涵

　　若你根本不在乎學文法，可以直接跳過本章，因為沉浸式習得就像學母語，學母語是不會刻意苦學文法的；若你認為學語言就是要學文法，或是不學文法就渾身不對勁，那你可以好好參考本章，釐清觀念。

　　一般人長期受到傳統外語教學法影響，一直是以「文法順序」（grammatical sequencing）為中心，把文法教學放在核心位置，從哪裡開始教、哪些可以先教，又哪些要之後才能教。在我的經驗裡，把這套文法順序發揮到淋漓盡致的代表，就是傳統的日文教學系統。一套《大家的日本語》配上「日本語能力檢定」，讓很多學日語的人在文法苦海中載浮載沉。傳統英語教學觀念也告訴你，學英文一定要學「被動式：be動詞+過去分詞」的文法，但你學母語時，並沒有學過這樣嚴謹的文法規則，是什麼造成如此差異？

　　回答以上問題，我們要先來認識文法的本質，為大家上一堂超級基礎的語言學導論。想知道更多的讀者，可以參考芙蘭金的《語言學導論》（An Introduction to Language）。

　　文法（grammar）這個字涵蓋的意思極廣，並不精確，

雖然是一個詞，但至少有四種不同意涵。

第一個意思是「**母語人士腦中的文法直覺**」，英文叫做「mental grammar」，擁有這種能力，會讓我們對句子產生對或錯的直覺，也能下意識地去說話或書寫句子。

如果我說：「你書把弄丟了。」你一定會覺得很奇怪，我怎麼這樣講（除非「書把」是一個東西），直覺反應是「你把書弄丟了」才對；或是如果我說：「我昨天高雄去。」你會覺得莫名其妙，我怎麼講話怪怪的。事實上，上面兩個奇怪句子都是我刻意創造、還是深思熟慮之後才有的結果，也就是說，依照母語人士的直覺去講話，根本不可能造出這樣的句子。就算不小心說錯，也很難說出「我昨天高雄去」這種語句，這是因為大腦文法直覺的絕對性。

那麼，我們學外語時，如何學會這種能力？這在學術上是一個很大的爭議，但簡單地說，是靠我們從小到大不斷使用語言培養出來的直覺，並不是「上課學的」，也不是「有人教的」。因此我們可以說，語言是否對或錯的最終依歸，就是母語人士的直覺。如果母語人士之間說法有所差異，就依人數較多的那方決定怎麼說。

文法的第二個意思是「**規定式文法**」（prescriptive

grammar），和大腦文法直覺剛好是相反的概念，這是由一個國家的官方機構或教育機構，刻意制定的語言使用標準和規範，無論本身有無道理，也不管大家是否同意。例如台灣各大華語中心的標準文法規則，不允許出現「你『有』去過台灣嗎？」這樣的句子，如果一個學中文的學生這樣說，就會被說「錯」，且必須修正為「你去過台灣嗎？」。

　　有些「規定式文法」的形成雖然沒什麼道理，也不一定符合母語人士的習慣用法，但因為是官方制定，所以正式文書或公開場合必須這麼寫或那樣說，這種文法就連母語人士都得另外學，也必須死記，但這已經不是學語言的問題了。

　　第三種文法叫「**描述式文法**」（descriptive grammar），這是語言學家研究母語人士的大腦文法直覺後，整理出來的規則，並希望藉此了解人類大腦的運作方式。一般人其實無法輕易看懂，跟想學語言的普羅大眾也沒有太大關連。

　　第四種文法是「**教學用文法**」（teaching grammar），這是你平常英文課或日文課學的文法，一般母語人士不會這樣學，對此也沒有任何概念，除非你打算成為華語老師，就必須學習華語的教學用文法，才有辦法在華語中心找到工作。

　　教學用文法怎麼來的呢？這是語言教學者分析母語人士

講的話之後，歸納出來的大概規則，希望透過這些規則讓外語學習者更快掌握語言。但同樣的，這些規則不是百分之百正確，完全依照這些規則去書寫或是造句，並不能保證你寫出來或說出來的句子就符合母語人士的習慣，也不一定符合「規定式文法」的要求。比方說，我常問英文學習者以下問題：

He'll go to the airport now.（他這就去機場。）

　　根據你對英文的認識，你覺得這個句子對不對？有九成學員會跟我說：「不對，因為 now 是現在，應該要用現在進行式（V-ing），而 will 是未來式。」

　　但這個句子其實是對的，說起來也很自然，而且「規定式文法」裡也沒有「will」跟「now」不能並用的說法；更準確地說，「will」本來就沒有一定要跟「未來」有關，也就是說，照「教學用文法」講英文也未必正確。

　　因此，若所謂的學文法是學會「如何造出沒有瑕疵的句子」，或是學會「符合母語人士直覺」的句子，無論外語還是母語，學起來都是一樣的，就是要不斷聽、說、讀，甚

至寫，你才有辦法培養出對語言的絕對直覺，也就是所謂的「語感」。

傳統的教學用文法，適合什麼學習者？

培養出對語言的絕對語感需要時間，就算是小孩對母語的文法直覺，也要等到 5 歲左右才算發展完成，不會造出有瑕疵的句子。「教學用文法」的最大功用，其實是讓還沒有語感的學習者，用類似算數學、有邏輯的方式，造出比較接近正確用法的句子。但因為小孩沒有辦法運用邏輯分析的方式學習，所以沒有人會用這種方式讓小孩去學語言。

那麼一般學語言的過程中，到底需不需學這種「教學用文法」呢？這就要看個人特質了。

像是我先前分享過，在亞馬遜地區沉浸式習得當地原住民克丘亞語的 M，她就不適合用教學用文法學克丘亞語，只會被這些規則搞得頭昏眼花。本書最開頭介紹我的多語達人朋友「小蔡」和「無國界譯師」，兩位都天資聰穎、博學強記，教學用文法對他們來說，就是學習過程中的工具。然而，無論你學不學這種文法，最終結果都是為了培養出語言的絕對語感。

最後，我要提醒學習者，不要把「教學用文法」當聖經。你現在知道，無論教學用文法規則整理得再怎麼好，再如何鉅細靡遺，都一定有例外，重點是保有一顆柔軟的心，懷疑一切也接受一切可能性，才是最佳策略。

像母語人士一樣使用直覺式文法

若你學語言的目的是實不實用，就不需要在文法是否完全正確的問題上，耗費太多時間去擔心。根據黛安娜和塔拉的沉浸式教學研究，接受沉浸式教學的學生，在數年後都能達到聽、說、讀、寫流利的程度，也都能在專業領域使用目標語言。然而，身為成人的我們有一些心理障礙需要先解決。

小孩學語言不學教學用文法，也沒有「對」和「錯」的觀念，然而，吃了伊甸園果實的大人已有羞恥心，會在意「對」和「錯」，即使我們知道這一切只是學習過程，還是不免會想「怎麼辦我一直說錯？」或是「我有沒有可能永遠學不會？」

為了解決成人學語言的心理障礙，我有兩個不同層次的

建議。如果你還是初學者，在沉浸式習得的過程中，不需在意自己講的是否完全正確或精準，只要注意對方是否聽懂就可以了。當你進步到大部分都聽得懂、也會講的時候，就可以改變策略，開始仔細注意自己講得、寫得跟母語人士有什麼不同，若發現不對就要改正，若不確定為什麼自己講得跟他們不一樣，也可以找母語人士討論。

　　無論是日本還是美國，我舉辦的「沉浸式習得」都有所謂「母語講師時間」，我會請一位當地講師分享他的專業或是人生故事，演講結束後，也會請學員用目標語言問老師兩個問題，練習上述溝通思維。我會提醒學員，先無論對錯，用自己會的方式造句子、問講師問題，只要講師能聽懂，就算過關，之後再去問語言顧問，自己造的句子是否完全正確。

　　最後，如果你還是很討厭這種不確定感，我再給你一個方法。你只要想，反正初學者的你「講得一定都是錯的」就好了，如此一來，為了學到對的說法，每一次都會更仔細聽母語人士怎麼說，不斷模仿、比較，甚至發問，你一定會越學越好。

完美主義的兩面刃

過度在意對錯和追求百分之百準確這種「語言完美主義」，其實是一種兩面刃，好的這一面，可以幫助自己越學越精準，期待能跟受過教育的母語人士一樣使用語言；壞的那一面，則容易讓人動輒得咎、裹足不前，忘記語言是用來溝通的本質。

身為一個「認真型」多語達人，我認為實用和完美可以融合共存，我當然希望我的外語越講越好、越寫越好，但我從來不怕犯錯，或是不敢開口。我知道就是要犯錯和經歷無數次的不完美，才有可能完美，只要相信這一點，放下完美主義，就有機會使用「不完美」的語言，越學越好。

CH15參考資料：

· 《語言學導論》，V. Fromkin et al. 2018. *An Introduction to Language*. Wadsworth Pub Co.

CH16

不愛背單字，
也能提升字彙量

　　你知道我們學一種新語言，從完全不會到精通的過程中，那個環節最花時間呢？

　　是口說聽力嗎？還是文法？

　　這些雖然是一般人最困擾的部分，但這個「困擾」其實是錯誤的學習方法所造成；只要用對方法，口說、聽力、文法，其實並不需要花很多時間。任何有經驗的語言學習者都知道，真正最花時間的其實是「單字累積量」。

　　你可能會想，不就是背單字嗎？背單字只是累積字彙的其中一種方法，除了背單字之外，我們還有其他選擇，這正是本章想分享的內容。

打破背單字迷思

迷思一：掌握單字就等於掌握語言

真是如此嗎？跟大家分享我一個法國朋友的例子。

皮爾斯絕頂聰明，也熱愛東方文化，熱中學習中文和日文。他認為學語言的核心就是背單字，所以他花了一年多時間，背了 1,000 多個中文字（漢字）的寫法和意思，常見的中文字他就算唸不出來，也知道意思，甚是會書寫幾百個中文字。然而他卻連最簡單的中文都不會說，更遑論聽懂中文對話。

這個故事告訴我們，光記下大量的單字，並沒有辦法真正學會使用語言，若以為把字典從 A 背到 Z，就能精通英文，那就大錯特錯了。

迷思二：單字量不夠，就不能流利溝通

要掌握多少字彙，才能流利溝通呢？我們大概只要會 100 個字彙，就能表達生活中 1,000 個最重要的概念；若學會 1,000-1,500 個單字，就能表達所有非專業、非知識性的內容，達到口語上的流利。因此，如果你在國中之前有認

真學英文，字彙量絕對超過 1,500 個字，要聽說流利，絕對沒有問題。

　　若想要英語聽說流利，要加強的絕對不是單字、不是文法，也不是閱讀能力，你需要的是沉浸式習得。

迷思三：天生記憶力不好，就記不住單字

　　這一定是錯的，因為就算自認記憶力不好，你母語的單字量，並沒有比那些記憶力好的同學少，就算他真的比你認識的字多，多出來那些，應該都是像「付梓」「濫觴」或是「洋涇」這種一般人根本沒機會也用不到的詞彙。

　　傳統的語言教育特別強調背單字，這是因為考試題目的設計，讓背單字成為強迫取分最有效的方式。這種挑戰「短期記憶力」和「不求理解」的考法，讓許多人有了「記憶力差就記不住單字」的想法。若你有這樣的想法，我希望你看完下一段文字之後，就能停止自我設限。

　　傳統的單字教學脫離不了單字卡、例句、字根字首和奇怪口訣這些做法，這些都跟「考試念書」的能力有關，如果你不是「博學強記型」的人，當然會感到吃力。然而，這些方法並不能讓我們學會單字的用法，也沒有辦法形成長期記

憶，要能夠學會用法並永久記住相對應的情境，根據我來自夏威夷的英文老師普恩的研究，無論是誰，要永久記住一個單字，需要在有情境的情況下遇到這個單字 30 次。因此，你記不住的單字並不是因為記憶力差，而是傳統的學習法沒有辦法讓你遇到同一個單字 30 次。

那麼你現在知道，為什麼那些記憶力好的同學，可以學會「付梓」「濫觴」或是「洋涇」這些字了吧？因為這些字平常不會出現，你沒有辦法遇到超過 30 次，所以很快就忘記了；那些所謂記憶力很好的人，其實是刻意去背這些單字，然後可能真的記憶力比較強一點，如此而已。

迷思四：單字量不夠，就無法聽懂別人說什麼

這個迷思跟第二個迷思是一體兩面。字彙少，不代表不能流利溝通；同樣地，字彙少，也不代表聽不懂別人說什麼。單字只是聽懂別人說什麼的其中一部分，上下文、眼神和語氣，都是很重要的理解因素。

在真實對話當中，如果你自然地察言觀色，就算沒有學會很多單字量，也能聽懂很多東西。我舉辦的一屆日本沉浸式活動裡，就曾發生過讓所有學員震驚的事：有一個完全不

會日語、也沒有學過五十音的學員，竟然能推測出講師演講的大致內容，而且這位講師沒有使用投影片。

有意識地拓展沉浸式場所與領域

採用沉浸式習得新語言的人，是沒有在背單字的。

我們在探討小孩如何學母語時提到，小孩雖然沒在背單字，也沒有特別上單字課，僅靠著和家人互動，就在五年內累積 6,000 多個單字，若計算五歲之後的單字量，又更驚人了。

若你回想自己學中文的過程，人生中應該沒有哪個時期像學英文那樣背單字。唯一類似背單字的經驗，可能是國中老師要你背註釋，還不能發揮創意改寫，一定要跟課本一模一樣才行。

我們學母語能夠不背單字，是因為每天都大量聽、大量說，所以只要能處在每天大量聽和說的情況下，真的不需死背。

不用背單字就能學會語言，有沒有好開心啊？

理論上，你只要不斷在各個場合和母語人士互動，要累

積到五歲小孩會的 6,000 多個單字，應該不難。

接下來，當你達到「都聽得懂、也會講」的程度之後，必須有意識地調整參加的活動或接觸的人，像是必須去參加更正式、有深度的活動，熟悉更多領域的單字。

以下是各種深度活動的例子：

- 為了讓來自香港的 Ben 去日本沉浸式習得時，能增加高階字彙量，我讓他去參加創業投資銀行的活動（金融、商業領域）、北美原住民讀書會（宗教、文化領域）、大學研究室討論會（教育、心理學領域）等較專業正式的活動。

- 2018 年 10 月去美國沉浸式習得的學員，參加鳳凰城市長候選人政見發表會和辯論會（政治、民生經濟領域）；參加當地作家新書發表會（文學、心理勵志領域）；2019 年，參加 Wordpress 免費網站建製平台的使用者技術討論會（IT、科技領域）。

- 我在法國留學期間，為了增加各領域單字的熟悉度，刻意參加國際特赦組織活動（政治、史地領域）、綠色和平組織活動（環境、生物領域）、法國學院

（College de France）的講座（科學、哲學和人文領域）、各大小美術館和博物館免費導覽（藝術領域）。

　　以上是習得更多單字的範例，當你語言程度越來越高時，需要創造越專業的沉浸式場合，才能有效提升單字量，還必須主動參加多種領域活動。這時你就不能說「我對這個沒興趣」，若你的目標是單字習得量相當於受過良好教育的母語人士，就不能偏廢任何一個領域。

　　如果不想參加這麼多活動，又不想背單字，那只能靠大量閱讀來累積單字量。關於閱讀的部分將在下一章討論。

低頻的單字無法常常接觸習得，怎麼辦？

　　最後的問題是如何習得「低頻單字」。

　　如果我在新書發表會上說：「感謝方智出版社戮力協助拙作，才得以如期付梓。」台下可能會有人想：「蛤？你在說什麼爸爸？什麼兒子？」

　　如果你真的想學會連母語人士都很少在用的低頻單字，該怎麼辦呢？我不得不說，必須回到一些比較枯燥的老方

法，以及我用過也覺得好用的小技巧。

單字卡

　　許多人在國高中時期，都用過單字卡和單字本來死記，勉強混過段考、模擬考，再撐過聯考和指考，最後通通忘光，或根本不知道單字怎麼使用。這是因為只背誦單字卡無法了解單字怎麼用，也沒法永久記住單字，因此單字卡絕不能作為增加單字量的主要手段，而是次要輔助，還要搭配大量閱讀或大量聽力，才會奏效。

　　我曾經做過一個近乎自我虐待的實驗：透過背單字app「Anki」，下載了1000多張韓語字卡，花一個星期的時間，每天狂翻猛背，但最後幾乎連一個字都沒能記仔細，後來搭配大量閱讀韓語，才比較有效。

　　關於單字卡的製作，我有一個建議，那就是越簡單明瞭越好。字卡僅是幫助我們增強印象，主要還是得靠大量閱讀，了解用法和字義，所以不需花太多時間製作精美字卡。

研究字源、字根、字首

　　每種語言的單字都有許多起源和故事，若願意花時間

透過《字源字典》研究單字由來，可以幫助我們了解單字背後真正的意涵，也方便記憶。比如說，英文有一個難字「morganatic」，意思是「貴賤通婚」，如果我們只是死記，很容易就忘了。但要是你查詢《字源字典》就會發現，這個「morgan」跟英文的早上「morning」，以及德文的早上「morgen」其實同源，也就是「貴賤通婚」跟「早晨」有關。

為什麼呢？中世紀歐洲有一婚禮習俗，貴族男性如果和平民女性結婚，女方和其後代無法繼承男方財產；為了保障女方權益，演變出在完婚後隔天早晨收到男方禮物與財產才能擁有的禮俗。於是「貴賤通婚」這種早上拿到贈禮的婚姻，就稱作「morganatic marriage」。

聯想法

有些腦筋動得快的朋友，看到「morganatic」這個字時，可能會自行創造「摩根（morgan）的婚禮」，再聯想「摩根大通」或「摩根史坦利很有錢」這種方式來記憶。透過自己發明的口訣或自編自導自演的故事，的確可以幫助我們記憶字彙。但有個缺點，那就是無法掌握單字真正的意涵

和用法，所以就像單字卡一樣，必須配合大量閱讀和大量聽力，才能學得更完整。

善用不同語言單字的共通性

學習一種新語言的過程，猶如一場單字累積馬拉松，無論用什麼方法，都需要一段相當長的時間。有沒有什麼神奇的方法，可以跳過緩慢累積過程呢？答案是有的。

在本章最後，我要談談「文化圈」的概念。除了少數幾個深山叢林語言的發展系統與世隔絕之外，幾乎世上所有語言都跟周圍的語言有交流互動、輸出輸入。在同一個文化圈的各種語言，互相借用字彙的情形不算少見。

以我們最親近的例子，就是日語和韓語，這兩種語言有超過六成字彙都是「漢字詞彙」。雖然許多漢字意思已不同於中文字的原意，但對於中文母語人士而言，可以輕易辨識漢字，也能看字猜意思。

比如說，就算你從沒學過日語，如果我拿一份日本《讀賣新聞》頭版給你看，只要頭條標題剛好都是漢字，10次裡至少有6次，你可以猜對這條新聞的意思。從字彙累積角度來看，若想「偷吃步」，選擇學習日語這種跟我們有大量共

通詞彙的語言，可說是最省力的。同樣地，若你已經完全精通英文（S3R3 程度），可以省下大量學習法語和西語字彙的時間（六成字彙跟英語共通），累積德語字彙也會比別人快（25% 字彙跟英文共通）。

　　然而，如果你學的是阿拉伯語或是印度語，就很折騰了，這兩種語言跟我們熟悉的語言，沒有字彙共通之處，累積字彙的時間十分漫長。我在學土耳其語時就有過這樣的歷程，無論用什麼方法盡力學了，總是會遇上更多沒看過的單字。

　　以上是沉浸式習得單字的方法，希望對你有所幫助。

CH17

「略讀」勝於「精讀」

　　嚴格來說，閱讀識字在沉浸式習得領域，不需特別的方法，就是大量地沉浸在閱讀環境而已。但為了讓大家更清楚沉浸式習得整體概念，特別規畫本章節討論「閱讀」主題。

　　回想學習母語的過程，我們多半是進入小學後才開始學讀寫，所以孩童沉浸式習得語言的做法，基本上是跟隨國民教育的進程，但身為成人的我們，若要習得新語言的閱讀能力，不用從零開始。這是因為成人不需跟小孩一樣，得等到先會聽說、再開始讀寫，小孩要等這麼久才讀寫的主因，跟語言能力無關，而是要等孩子的肢體動作與其他綜合認知能力發展完全，才適合開始。

　　一般成人如果想一開始就學文字或閱讀，當然可以做到，但我要再次強調，先從聽說能力開始沉浸式習得，真的

比較容易。如果從識字閱讀開始，很容易回到過去國中上英文課的學習狀態。

什麼叫識字？

一般人覺得學 50 音叫做學發音，學法文字母也叫做學發音，這樣說其實不正確，正確說是學「識字」。為什麼？在台灣長大的人都要學注音符號，請問你學注音符號時，是不是已經會說中文了？如果會說中文就代表你早就會中文發音，這樣怎麼會需要靠注音符號來學發音呢？

學注音符號的原因，並不是因為要學發音，而是要用注音符號去記住國字發音，這是識字教育的第一步。

因此，學 50 音和法文字母的唸法，不是為了學發音，但因為一般語言教育是在學習者還不會說時就開始教字母，於是就把識字和發音混為一談了。

學習識字沒什麼特殊方法，就像小學生學注音符號，要花上一整個學期，成人背 50 音或是韓文 40 音，花上一個月也是很合理的。就依自己的節奏學習，不用跟別人比速度。

養成閱讀習慣，從中文書開始

想看外文書，若沒有看母語書籍的習慣是行不通的。如果你連用中文看書的習慣都沒有，建議你先從閱讀中文書或文章開始。在此簡單提供一些養成閱讀習慣的方法。

睡前不要滑手機，改看書

睡覺前不一定要滑手機，看書可以幫助入睡，還可以修身養性。

下載電子書，隨時看

古人說「讀書三上」是「枕上、馬上、廁上」，繁忙的現代人根本沒有時間拿書，此時電子書就展現妙用，只要有空檔就可以閱讀。

不要買大本書，除非是不會常攜帶的床頭書

大部頭書難以翻閱，又攜帶不便，會降低閱讀動力，非常不推薦。

從有趣、沒營養的書開始練習

　　認識我的朋友，都知道我常分享一段學外語的名言：
「用母語看書，看到垃圾書就是浪費時間；用外語看書，就
算看到垃圾書也算賺到。」其實我應該修正一下，對於沒有
閱讀習慣的人而言，用母語看垃圾書也是賺到，因為他會開
始體會閱讀的樂趣，也會增加閱讀速度和耐力。如果你真的
不愛看書，先從沒營養的雜誌或書籍開始，也沒關係。

看 Terry 的書

　　如果你有認識的朋友寫書，或有感興趣的主題、喜歡或
欽佩的人物，可以先從他的作品與主題開始練習閱讀，我們
都喜歡接觸跟自己有關的人事物。

組成閱讀互助會

　　自己看書很無聊，若有人一起閱讀、一起討論，會更有
動力持續。

設定可執行的閱讀目標

　　無論是一天 5 頁，或是一天 10 頁，一定要給自己設定一

個閱讀小目標，每天執行。

外語閱讀大原則

練習閱讀外語最普遍的方式是「精讀」，也就是給你一篇文章，查詢文章裡所有不會的單字，並把語句都搞懂。但其實這種練習方式非常痛苦，很難長期執行，一般都是在課堂上有老師引導，才有辦法做相關訓練。我們過去已有非常多精讀經驗，像是除了學校英文課之外，也上過非常多國文課，許多國高中國文老師不只要學生背註釋、翻譯每一句課文，還要把整篇文章默寫下來。

若你是一個「吃苦當吃補」的學生，想用這種刻骨銘心的方式練習閱讀外語，建議你可以上目標語言新聞網站下載新聞，再用國文老師的方法精讀，大概一個月之後，你會突然發現這些新聞再也不困難，閱讀目標語言的書籍雜誌也變簡單了。

然而，上述「懸梁刺股」的精讀法，並不適合每個人，就算像我這種認真型的學習者，也不會想做這種長期練習，且做法也不太符合沉浸式習得精神。因此，我們必須採用

「大量閱讀」的方式，才能長期有效地提升閱讀能力和字彙量，並且提升知識層次，促進身心靈成長。

　　你我都很清楚大量閱讀的好處，求學過程中有些國文程度特別好的同學，都有幾個共同特色。像是他們絕不只是熟讀課本那幾篇文章，而是大量閱讀課外書、特別是文學作品，當我們覺得《野火集》或是《台北人》不如《第一次親密接觸》好讀時，他們已經看完《文化苦雨》。然而，字彙量還不及母語人士的我們，該怎麼做到大量閱讀外語呢？

先略讀就好

　　首先，相較於「精讀」，應該要先建立「略讀」概念。

　　「略讀」的意思是，就算我們沒辦法看懂全文的每字每句，仍然把文章讀完，這類似我們國高中念文言文的感覺，我們雖然不懂每一個字，但至少會把文章讀完。讀完之後，我們會跳過不懂的地方並猜測大意，真的讀不下去了，就換下一篇文章讀。

依個人程度、興趣挑選讀物

　　有了略讀的基本概念之後，就可以依個人程度挑選不同

類型的外語讀物。選擇讀物的標準是「不用查字典就能大致看懂」，絕對不要選完全看不懂的內容。

此外，一定要選擇有興趣的讀物，不要盲從別人推薦的，才有辦法持續閱讀。

讀中文版，也讀英文版

最後，你可以選擇用外語閱讀已讀過的中文書，例如金庸作品《射鵰英雄傳》近期出了英文版，若你是一位金庸迷，就可以透過閱讀英文版，精進自己的外語能力。

市面上還有兩類圖書非常適合練習大量閱讀。第一類是依照字彙量做分級的讀物（graded reader），大部分都是簡化過的世界文學名著，或是大家耳熟能詳的故事，只要挑選喜歡又符合自己程度（不用查字典就能大致看懂）的故事即可。

另一種是雙語對照圖書，選讀時要注意，不要選擇一頁外語、一頁中文編排方式的對照書，因為人都是有惰性的，中文對照就在旁邊，很容易耐不住性子搶先看翻譯，這樣就失去閱讀的練習效果了。

不同外語的閱讀策略

　　討論完練習外語閱讀大原則後，再來討論不同語言的閱讀策略。

　　如果你的母語是中文，閱讀英文沒有太多機會可以偷吃步，因為英文和中文之間沒有語系上的關聯，也沒有大量「借字」或是「同一字根」的詞，要能夠快速閱讀英文的書報雜誌，需要很長時間一點一滴累積。

　　經過不斷努力之後，等到你英文的閱讀量和字彙量接近母語人士程度時，再轉為學習並閱讀歐洲語言，就變成相對容易的一件事，特別是法文、西班牙文和義大利語這些拉丁語系語言。

　　像是英文就有超過六成的字彙跟拉丁語系語言都是同根詞，意思就算不完全一樣，也相去不遠，特別是政治、經濟、法律和科技這些深難用詞，在英文和拉丁語系的語言裡，幾乎都是一樣的。也就是說，如果你英文的字彙量和閱讀量跟母語人士相當，就算沒學過法文，也能大概看懂法文報紙或是一些專業文章。

　　就跟單字習得的大原則一樣，運用這「同根詞」和「借

字」的偷吃步，就算是初學者，也可以一開始就閱讀目標語言裡較難的材料，享受用外語閱讀的樂趣，更快融入目標語言的文化當中。希望這章幫助你愛上閱讀之餘，也能每月多花一點錢買書，拯救低迷的出版市場。

CH18

我就是害羞、我就是不會
建立環境，該怎麼辦？

　　沉浸式是最簡單、100% 有效的語言習得法，但關鍵在
於學習者必須走入人群，和母語人士建立關係，才能有效沉
浸式習得。那麼不願意與人接觸、天性害羞的人，有辦法做
到嗎？

　　學習是辛苦的，改變是痛苦的，無論你怎麼選，若想得
到就必須付出。不願意面對人群，代表你只能自學了，這樣
真的比較簡單容易嗎？

　　如果你用國中學英文那套方法自學，早已體驗過也知道
那種方法的痛苦，最後能不能學會，還是未知數。就算你很
會考試讀書，能用國中學英文那一套學新語言，遲早還是會
遇到瓶頸——那就是必須和母語人士大量接觸，才會真正進
步。

　　而且，語言的本質就是溝通，我們怎麼可能只學語言、不學溝通，這樣真能學好嗎？如果你不是因為客觀條件而無法用沉浸式習得語言，我建議你再想想，自己真正的問題是什麼？要不然就算不學語言，人生遲早也會因為這個問題而卡住。

真的無法出門，就在家自己打造

　　如果你不是對於面對人群有所顧慮，是真的因為客觀因素而無法出門，我建議可以嘗試以下自學方法。

　　人腦處理語言的方式都是一樣的，語言習得需要的要素也大致相同，就算你不做沉浸式習得，學語言的原理一樣不變，只是你仍必須靠自己創造環境，來模擬沉浸式習得。

　　這種做法一定比較困難，效果也比真正的沉浸式差，也需要更長時間發酵。這個自學方法在我的第一本書《這位台灣郎會說25種語言》和我在「1號課堂」的音頻課程《外語怎麼學》裡都有，詳細內容就不再贅述。以下僅從沉浸式習得的方式切入，簡單扼要地整理要點，並說明如何使用線上工具與人互動。

在家中建立可以一直聽到目標語言的環境

　　建立可以一直聽到目標語言的環境，以精進英文能力舉例，並不是要你天天單方面地聽 ICRT 等完全不懂的內容，這只能增加你對聽聲音和發音準確度，等你都大概聽得懂 ICRT 再這麼做，才會真的有用。

　　你在家裡一直要聽的是「已經知道的內容」，這還必須是「自然材料」（相對於「教材」這種人工材料）。只要是母語人士會聽也會用的材料，都是自然材料，也就是真實材料，為了教語言而設計出來的東西，並不「自然」也不「真實」。而且你必須真的「喜愛」這個東西，「喜愛」就是聽一百次都不會厭煩，反而越聽越好玩。舉例來說，我非常喜愛一部日本動畫《命運／零話》（Fate / Zero），已經用「聽」的方式聽了超過一百次以上，到現在長途旅行時，我還是會經常拿來聽。

做跟讀練習，研讀逐字稿

　　在沉浸式習得的情況下，我們透過不斷與人溝通來磨

練發音，並提升口語能力；若只能在家學習，就必須「跟著說」或是「自言自語」。

「跟著說」在英語教學界的名字叫做「shadowing」，就是聽音檔，然後同時把聽到的聲音模仿出來。有人喜歡一句一句跟著說，有人喜歡跟著一個完整故事唸，無論是哪一種都可以。

在練習時，必須注意自己是否像用唱歌一樣自然的方式，跟著音檔練習，而不是事先透過逐字稿來字斟句酌地唸。這是因為練習跟著說時，要盡量做到即使不知音檔有什麼字句，也能透過模仿聲音的方式唸出來，這才是最有效的練習。

充分跟讀並模仿之後，最後一個步驟才是找出跟讀材料的逐字稿，一字一句研究，直到完整理解為止。

什麼樣的跟讀材料比較好呢？三到五分鐘長度的新聞報導或是有聲書，都是很好的選擇。

用app學基礎單字和句型

下載語言學習app，使用免費資源即可，因為免費內容就是大家最常用的，不需另外花錢購買。

大量閱讀

詳細內容請見上一章，簡單來說，就是多看自己喜歡的東西。

善用線上家教和找語伴平台

這裡要介紹線上家教、語言交換和網路交友這三種線上平台。

線上家教

線上家教平台越來越多，但我對這種學語言方式抱持懷疑態度，因為人跟人之間要是沒有真實關係，語言習得的效果就會大打折扣。

台南多語咖啡的日文桌長 M 子是線上日文老師，她跟我分享幾年下來發現，線上的效果真的比線下差很多，她認為線上課程需要以線下為基礎，如果學生和老師先在線下認識、上過幾堂課之後，在線上學習時效果會更好。

從沉浸式的觀點來看，我們該上什麼樣的線上家教課

呢？一般那種教單字、文法的課程，不算沉浸式習得，在此不多加討論。符合沉浸式線上家教課程跟沉浸式教育（雙語學校）的標準，其實是一樣的。準則如下：

· 所有線上教師無論是學科還是術科，最好是受過良好教育的母語人士；若非母語人士，也必須對目標語言有接近母語人士的掌握能力。

· 雙語學校辦學，要找到素質極高的母語人士並不容易，所以有些權宜辦法，但在線上平台無遠弗屆，就沒有這種問題。因此我認為線上老師就是要找母語人士，沒有不找母語人士的理由。為什麼呢？因為只有很少數人可以學到跟母語人士一模一樣的程度，非母語人士無論是發音、流暢度、單字量，或是文化涵養，都跟母語人士有所差距。

再者，就沉浸式習得的觀點來看，當然是母語人士比較好。非母語人士老師比母語老師特出的條件，大概只在於進行傳統語言教學時，文法、翻譯或是解釋，跟你同一個母語的老師可能比較會解說。

· 線上老師要能清楚區分語言的使用和時間長度，什麼

時候用目標語言，什麼時候使用學生的母語，都要清楚定義。線上沉浸式就該全目標語言教學，沒有別的做法。

・線上課程設計以「學習內容」為導向，讓學生用目標語言學習新知或技能，教學中注意學生的語言發展；課程內容必須融合語言、文化和內容教學的原則。

・線上老師應該要想話題讓你多開口，準備「內容」引發你的興趣，這些都是符合沉浸式習得標準的老師必須做到的事。例如一堂課 50 分鐘，他可以先想 10 分鐘閒聊話題，一直誘導你說話。接下來 15 到 20 分鐘，他要講授「內容」，例如「他如何成為外語老師」「7 個愛護地球的方法」「因式分解」，無論你聽不聽得懂，都要煞有其事地教。接著是討論或問答時間，他可以準備問題問你，也可以讓你自由發問，甚至一起閱讀跟當天主題相關的內容。教學方式須符合學生當下的語言能力和身心發展，盡可能誘導學生使用目標語言，讓你開口比老師開口重要。

想找線上家教，建議試看看 italki 平台，上課前請先跟

老師用共通語言充分溝通你想要的學習法。（https://www.italki.com/）

語言交換和網路交友平台

「語言交換」和「網路交友」的界線越來越模糊，而且到底哪一種方式比較有效，其實也很難說。

按照一般分法，「語言交換」屬於純友情平台，彼此之間以純交友的方式，互動練習語言；「網路交友」平台則沒有任何限制，想做什麼都是個人自由。本書不討論交友平台上常引人詬病、違反善良風俗、有違社會一般道德標準的內容，因此僅討論被歸類在「語言交換」的平台。

玩語言交換平台最重要的技巧就是「亂槍打鳥」，如果你傳訊息給100個人，大概只有10個人會回應你，一個人會成為願意常聊天的語言夥伴。

如果你覺得自己怎麼都找不到固定聊天的對象，不是你顧人怨，而是你找的人太少，必須天天丟訊息給不同人，平均每100個人裡，才會找到一位固定語伴。

不同語言，找到練習對象的難度也不同，像平台上幾乎

所有人都會英文，語伴非常好找。

　　日文、法文、德文、西班牙文這些外語雖然熱門，但因為想學的人多，收發訊息也多，非常難找到固定對象，可能要嘗試200個人，才能找到一個長期的固定語伴。非世界主流語言像是土耳其文、越南文，因為想學的人少，發出訊息就會有人回你，比較容易找到練習對象，也容易成為長期的固定語伴。

　　女生有可能比較容易得到回應或找到語伴，但也有不少麻煩，像是很多女生在語言交換平台上，一天可能就收到200封訊息，其中還有不少騷擾信。因為真心想練習的人難尋，為了提高效率，真的找到願意純交友、練語言的人，我建議女性朋友把年齡設定成99歲，放自然風景照當頭像，並主動找其他女性語伴。

　　最後一個技巧是「轉移陣地」。找到合得來的語伴之後，可以跟對方說因為平常比較喜歡用LINE、臉書，或是IG，希望可以換到其他平台上交流。轉移陣地乍看只是換個地方聊，但這個動作真的有讓兩個人從陌生人變朋友的神奇效用。據說交友網站也有同樣說法——能轉移陣地的對象才有希望。

以下推薦兩個網路語言交換app：

- Tandem：平台上很多歐洲使用者，日本使用者較少，韓國人稍多一點。平台相對清新乾淨，廣告很少，我非常喜歡。
- HelloTalk：因為過去有大量網蟲、也就是網路詐騙者占據，此平台有很多嚴格限制。亞洲使用者比較多，若想找日本人，來這裡就對了。有像臉書一樣分享生活的功能，也有找家教功能，但因為功能太雜，我個人用不太到其餘部分。

習得語言恆毅力的7堂課

無論你想上補習班，還是買教材在家研讀，都屬於自學的一種，只要自學，就會有恆心的問題。不想去上課、今天好累、好無聊、我只想追劇放空……這些問題在沉浸式架構下不會存在，因為每天都去參加不同的有趣活動、認識不同的人，這些人會成為你持續下去的最大動力。

我一個叫Sis的學生跟我分享，過去她一直很想學日文，但補習班都是讀書上課的方式，她根本坐不住，也沒辦

法持續。於是她來參加我的沉浸式習得，接著去美國，又去了日本，掌握到沉浸式習得方法。回到台灣之後，我看她幾乎天天跟日本人出去玩，一點一滴累積習得日語的動力和樂趣，持續至今。

提姆、小蔡、無國界譯師，以及其他我認識的語言達人幾乎都擁有高度自我要求、嚴守紀律和恆毅力滿點這些特質。他們決定做一件事之後就會不顧一切勇往直前，專注完成，這不是我們一般人可以簡單仿效的。

如果我們熱愛一件事，做這件事時的每分每秒都能感到快樂的話，根本不會想到「堅持」的問題，只會想如何「不沉迷」，所以解決沒有恆心最好的方法，就是藉由做我們熱愛的事情達到目的。對語言狂人來說，無論是文法單字還是閱讀都會帶來無限的快樂和成就感，所以狂人們學起語言來根本不會累，無論用什麼方法都學得會，但這也表示我們無法學習狂人的方法。也有些人熱愛的不是語言本身，而是非用到這個語言不可，像很多動漫 ACG 迷精通日文到令人咋舌的原因，不是因為他們想學日語，而是不得不學，或是太熱愛某一部動畫，所以看了上千萬次，還把台詞都背得滾瓜爛熟。

如果沒有像達人們這樣的特質，生活也沒有興趣或熱情，一個人還能有恆心嗎？我認為只有極少數的人能夠長期且強迫自己去做不喜歡的事，但這種「硬逼著」、懸樑刺股的方式，長期下來必定會造成身心靈不健康，這種事情不值得鼓勵，一生中最多只要嘗試過一次就夠了。

根據《恆毅力的7堂課》（*Stick With It*）這本書，一般人可以用改變所處環境的方式，讓自己有毅力地完成自己的目標。作者是長年研究行為的神經科學家，他提出7步驟方法：

- **拆解成小步驟**：一次一點點就好，只求走得遠、學得久，不求馬上學會也不求速成。
- **社群力量**：和其他人一起學習，邊交流邊學習，即使是在線上也可以。
- **對自己的意義和重要性**：給自己一個好理由，思考為什麼要做這件事情。
- **簡單且容易執行**：這件事情不需刻意就可以執行，是生活中的一部分最好。
- **神經學駭客法**：名字很炫，但其實只是要你不要用

「想的」，有想法就要趕快去做，才能改變行為模式。

- **有趣好玩**：在執行計畫的過程中，找一些理由讓自己覺得有趣，或是馬上可以得到獎賞。
- **不斷重複，直到變成本能。**

只要做到以上行為，7天之後就會變成天天做的習慣。

我是一個很不愛運動又愛吃的人，認識我超過五年的朋友，大都能察覺我這些年來體重一直上升，除了吃太多之外，最大的問題還是無法養成運動習慣。

就像有些人覺得求知和讀書很無聊一樣，運動本身無法帶給我快樂，在我心裡這是一件被逼著做的事，為了要活得健康才勉強做。

我嘗試過報名一家像夜店的知名健身房，但終究因為覺得出門很麻煩而失敗；我也想過用邊打電玩、邊騎腳踏車的方式，但因為無法天天打電動而失敗。之後我試過滾輪、家用健身器材、健身教練，但一切始終無法持續，再加上我長時間雲遊四海，根本無法有固定器材和時間運動。想來想去，只剩下走路這個選項。

　　走路雖然是最簡單的運動，但沒有明確目的時，根本不會想走路，走跑步機也很快就感到無聊，走太短又沒有什麼運動效果。那如何讓自己愛上走路呢？苦惱好長一段時間的我，今年終於在柏林想出了良策。

　　去過歐洲的朋友都知道，當地的交通費滿貴的，坐沒幾站可能就要 2 到 3 歐元，接近 100 塊台幣。雖然不是付不起，但就是有一種不暢快的感覺。藉由對此不滿，我終於想出一個運動的好點子——接下來一個星期，我都不要坐交通工具，無論跟人約在哪裡都用走路的。

　　於是我每天從住宿的夏洛滕堡走路到目的地，再走回來。第一天是「夏洛滕堡—柏林北站—亞歷山大廣場—夏洛滕堡」，第二天是「夏洛滕堡—利奧波德廣場—夏洛滕堡」，之後還走到了新克爾恩和普倫茨勞貝格。

　　沒有去過柏林的朋友，可能不知道這件事的瘋狂程度。基本上我每天都走超過 10 公里，相當於 3 到 5 小時不等的路程。在走路的過程中，我幾乎沒有想要放棄的想法，只擔心會來不及在約定時間抵達目的地。一來是因為目的明確，走起來很有勁；二來是就算有放棄的念頭，也會受到昂貴車資和「健康紅利」的利誘，而繼續往前走；三來有運動，代表可以吃更

多；四來是柏林當時天氣很好，我又在觀光模式，到處走走看看覺得新奇。就這樣在一個星期內，我幾乎走遍了全柏林。在柏林的成功經驗，讓我似乎找到持續運動的方法，於是之後又走遍福岡、騎腳踏車從岐阜到大垣和名古屋，從新竹騎腳踏車到竹南，又從豐原騎腳踏車到台中多語咖啡，要不是Ubike換區要加600元，我早就從北一路騎到南。

　　以上過程剛好跟《恆毅力的7堂課》建議的做法相似：走路或騎腳踏車本身就很「容易執行」；比起跑步或單車賽，算是「拆解成小步驟」的方法；每次目的都是跟人見面，是「社群」的方法；可以吃更多和省錢還有健康紅利，讓這件事變得「重要又有意義」；過程中可以看到新風景，或是事後跟人炫耀，「好玩又有趣」；邁開雙腿走路，而不只是想想，就是「神經學駭客法」；「重複」一個星期後就成了習慣。

　　如果把《恆毅力的7堂課》用在自學語言上，就可以用以下方式思考：

・**拆解成小步驟：**不要求速成、也不要想馬上學會，不要給自己訂太困難的目標，一開始可以從每天睡覺前聽、

練3到5分鐘跟述，或是玩app學到一個單字就可以。

- **社群力量**：上語言交換網站和人交流，盡量交網友，每天丟訊息給不同的人，練習今天學到的新用法。

- **對自己的意義和重要性**：給自己一個好理由學語言，思考自己為什麼要做這件事，學了語言可以幫助你達到什麼目標？

- **簡單且容易執行**：讓手機裡隨時有各種不同學語言的app，建立隨時可以聽到目標外語的環境。

- **神經學駭客法**：有想法就要趕快去做，才會改變行為模式。在學語言的過程中就是要你用「說」的，或是「寫」（打字），不要只是聽或讀。

- **有趣好玩**：在執行計畫的過程中找一些理由讓自己覺得有趣，或是馬上可以得到獎賞。比如說，做完今天的app練習就可以吃鹽酥雞。

- **不斷重複，變成本能。**

只要做到以上行為，7天之後就會變成天天做的習慣，成為你習得目標語言的一大助力。

第三部

學外語就像學母語

——實踐篇

CH19

平常忙工作，
又想進修外語：
上班族一週沉浸式計畫書

　　從本章開始進入全書第三部，接下來要用第一部學的觀念與理論，以及第二部學的方法，來解決各種不同學習者的問題，以及如何具體在生活中實踐。

　　台灣大型健身房和語言補習班都知道人性的弱點，經營模式採綁約會員制，例如健身房會員可以不限次數、全天候使用設備和參加團體課程，但一次得綁約 2 到 3 年，若中途退出，必須繳交違約費用。

　　但如果大家都真的繳了會費、並經常上健身房，健身房的空間是沒辦法容納這麼多人的。不過這件事根本不會發生，真正的情況是，大多數人繳了會費，卻根本沒去，每個月就這樣一直被扣款，直到合約期滿。

台灣最大的線上和線下語言補習班與健身房，都是以同一方式營運，號稱一整年課程可以上到飽，就是知道消費者三分鐘熱度，上過幾次之後，就會因為各種理由不再出現。

因此，如果你是一個忙碌的上班族，但又想利用下班時間學好語言、自我精進，除了考慮前一部提到的「恆毅力」之外，以下幾個問題也值得你深思。

確切且合理的目標

去亞馬遜地區沉浸式的M回到台灣之後，覺得自己可以運用語言習得的經驗，去語言補習班當顧問，幫助更多想學語言的人。但她也發現一個問題：大多數來補習的學生和上班族，雖然嘴上都說想學英文，但都不知為什麼要學，問到最後，都只是為了考試，對溝通、認識世界、使用英文，或是結交外國朋友不感興趣，學習的成效普遍不佳。

M後來可能有感於擔任語言顧問，無法真的改變學生，能做的也不多，於是辭職回到貿易公司上班了。

要給自己一個真的需要學語言的理由，而且必須具體。最近有學生跟我說，他學英文是因為想學會「基本溝通」，

我認為這理由不夠具體，於是請他再想深一點，想要基本溝通的能力做什麼？

如果是旅遊，其實你只要有錢就能跟團到處玩，真的需要基本溝通的能力嗎？如果想交外國朋友，你應該早就付諸行動了，不會還坐在這裡猶豫。像我國中學英文就是為了打網路遊戲，並不是學好英文才去打，而是我早就迫不及待、就算看不懂也要玩，打電動的過程中順便習得語言，這才是真正的動機。

另外，設定目標要合理。許多人一開始學新事物，會給自己太高太難的目標，像是「我要學語言增加競爭力、賺更多錢」「我要講得跟母語人士一樣流利」等，這些目標不只太高太難，而且非常抽象，也不符合「語言是用來溝通」的本質。

你應該制定類似「希望下次去日本旅遊，可以用日文點菜」這種合理目標，或是「下次去義大利時，可以跟帥哥服務生大聲說『grazie』，聊上幾句」。

如果只想先學會讀和聽也沒關係，不一定聽說讀寫都得樣樣學。我有一個很喜歡日本動漫的學員，希望自己只要能夠看得懂漫畫、聽得懂動畫就好；我也有學員只想說日語，

但沒有想要學讀寫，所以她都用羅馬字拼音快樂學習，才短短一個星期，就可以用日語上台報告。

　　能夠維持熱情並持續學習的人，目標都很具體，且打從內心希望做到。大家可以想一想自己透過學語言能做到的事，列出來之後，從中找出維持學習動力的和熱情的軌跡。

善用手機

　　方法是否容易執行，會直接影響學外語的成敗。

　　我曾是台灣某家大型連鎖健身房的會員，因為我常南北到處跑，多年下來，發現自己去健身房的次數，跟住處離健身房的距離最相關。像是我在高雄的住處就在健身房旁邊，去健身房的頻率就非常高；在台中的住處離健身房遠，去的機率就非常低；台北的住處約走路 10 分鐘，頻率高於台中、但低於高雄。可見「容不容易執行」，對於是否能實踐計畫有很大影響力。

　　因此，要在日常生活中保持進修語言動力的人，必須讓「學外語」這件事變得容易執行。從這個角度來看，沉浸式習得就是讓「學語言」變成生活的一部分，不用特別費力就

可以做到。比方說，你開始建立自己的國際交友圈，每星期
吃飯或一起出去玩的夥伴，變成都是外國人，你自然會使用
英語或其他語言，就不會覺得自己是「刻意去學」，而是生
活的一部分。

　　如果你無法用沉浸式、只能自學，除了用手機一直聽之
外，還可以下載各種不同的學語言 app 到手機裡，無論是遊
戲類、單字類，還是電子書都好，也別忘了把手機介面改成
目標語言。若我們隨手拿起來就可以執行，接觸外語的機率
就會提升，也不會出現「起始障礙」，像是當健身房太遠又
下雨時，就會告訴自己：「算了，明天再去！」

結合休閒興趣

　　好逸惡勞是人類的天性，要我們坐下來學習，不如去玩
耍，若在玩的過程中也能夠自動學習，豈不是一舉兩得？

　　我個人非常喜歡玩 Play Station 電動遊戲機，為了讓自
己開心地精進語言，我會不斷修改主機的介面語言。你一定
也有自己喜歡的事物，就用想學的語言去接觸興趣，這樣就
不會覺得自己在痛苦中學習，只是用一個不熟悉的語言去做

一件你很熟悉且喜歡的事，動力就會源源不絕。

關注旅遊、國際事務、異國文化

「外語」就是外國的語言，若我們對「外國」沒有興趣，自然不會有學習新語言、探索未知事物和文化的動力。因此在日常生活中，我們可以接收世界各國的資訊，多出國旅遊、參加圖書館演講，或是其他公開活動，提升自己也提升學外語的動力。

給上班族的沉浸式一週行程表

沉浸式習得就是把你的生活圈國際化，所以要在台灣使用沉浸式習得，就要有改變生活型態的覺悟，朋友圈也會大洗牌。一開始可能很不習慣，但請相信我，這一切都是值得的，最後的收穫也將不只是語言。

在一週開始之前的準備工作

利用週日就先上沙發衝浪、Meetup、臉書和所有你知道

的活動平台，把下一個星期所有的活動都找好，只要能參加的都按「參加」。最理想的狀態是：平日每天晚上，以及週六、週日整天都能安排活動。

平日

週一到週五平日，我把一天分成「起床」「上班通勤」「上午工作」「午餐」「下午工作」「下班通勤」「晚間」和「睡覺前」這 8 個時間帶，以下是這 8 個時間帶的上班族沉浸式習得建議。

- **起床**：睡眼惺忪，什麼事都不想做，這時候要一鍵打開你蒐集來的「一直聽」影音檔，可以是電視、廣播，或是在你手機音樂資料夾裡的精選歌曲，打開來一直聽就對了。再來，就是在外語聲中刷牙、洗臉、化妝、著裝。

  如果你早一點起床，在上班之前，還可以嘗試晨間運動，雖然我還沒在台灣試過，但我發現美國大城市有很多晨間運動 Meetup，可見美國人有這樣的習慣。如果你在沙發衝浪上開一個晨跑或爬山健行的活動，應

該會有外國人感興趣。

- **上班通勤**：打開你的「一直聽」資料夾，同時閱讀目標語言讀物；若真的很想睡，也沒有動力，至少要打開「一直聽」資料夾。

- **上午工作**：若你的工作允許你聽音樂，請打開「一直聽」資料夾播放；若不能聽音樂，就認真工作吧。

- **午餐**：用沙發衝浪裡的「Hang out」功能，找找看附近是否有外國遊客，可以一起共進午餐。

- **下午工作**：同「上午工作」做法。

- **下班通勤**：同「上班通勤」做法。

- **下班後**：一般的聚會活動大概都從晚上 7 點開始，下班過去剛好活動開始，活動一般長度大約 2 小時。若當天體力還夠，參加完活動之後，還可以去「外國人熱點」的店家，繼續沉浸式習得到晚上 11 到 12 點。如果剛好沒有活動，可以約最近認識的外國朋友吃飯，或是一起運動。

- **回家到睡覺前**：辛苦了一天，一定要放鬆一下，用目標語言進行休閒活動吧！看劇、打電玩、看電視，睡覺前最適合看輕鬆的讀物，或是上目標語言的網站看

沒有營養的東西,也可以看療癒的YouTube頻道。

週末

　　除了參加活動之外,前面有提過,可以到外國人大量聚集的青旅住個一兩晚,以青旅一晚500元計算,一天跟外國人互動時間10小時,大概是每小時50元台幣的多對一課程,還不是一個老師多個學生,而是多個老師對你一個學生。Ken是我美國沉浸式和日本沉浸式學員,他說去國外沉浸式習得,根本就像10對1,十個母語人士對你一個人;如果這樣算的話,那在台灣住青旅度週末的投報率又更驚人了!

　　若找不到活動參加,你也可以在沙發衝浪或Meetup上面發起活動。發起活動不一定每個星期都有人參加,但你一直持續做下去,來的人肯定會越來越多,化被動為主動,反而容易成功。

放假

　　如果情況允許,放個3、5天假,到亞洲鄰國走走,住進背包客棧,是很好的語言進修機會。下一次旅行不一定要

大吃大喝，可以去亞洲鄰國青旅住幾天，和世界各國旅人用外語交流。

學生時代和剛步入社會的我們，正處在學習黃金期，這不是說我們在這個階段的學習能力真的比較好或是頭腦比較靈光，而是真的比較有閒、更不用養家活口，有很多心思和時間投入學習。過了 25 歲或是 30 歲之後，無論私生活或是工作上的責任和壓力，都會越來越大，這時要學習新技能或是語言，就相對困難了。我們沒有時間，也有沒有心思像海綿一樣吸收，也沒有閒情去天馬行空想像。

儘管如此，學習新事物並不是不可能的任務，你只需要多一點紀律和堅持，也要更巧妙地利用自己的「人性弱點」，如果知道自己就是貪吃，那就不要買零食回家；如果知道自己回到家，不馬上洗澡就會隔天早上才洗，那一到家就得洗澡；如果知道自己一早起來，不玩語言 app 就一整天不會再碰，那你一定要一早起來就玩。

最後，到了出社會成為上班族這一人生階段，我們做事已經沒辦法像年輕時「求快」，而是要求「恆久」，每天接觸外語 10 分鐘也是學，10 年後也有很驚人的成就。或許我們沒辦法想像自己明年就說一口流利英語，但你可以想像 5

年後說著一口流利英語的自己。

　　如果5年可以達到第一個目標，那10年後要成為多語達人，走遍全世界，也就不是夢了。

CH20

如果你有長假：
菲律賓沉浸式英語停看聽

　　前一章介紹上班族如何在忙於工作之餘，還能沉浸式習得外語的一週詳細排程。如果你正在轉職，或是剛好有一兩個月長假，除了之前推薦的出國住青旅，本章也介紹一個近年風行東亞、經濟實惠的出國沉浸式方法。

　　這十多年來，在韓國、日本還有台灣掀起一股到菲律賓當地，特別是宿霧學英文的風潮，2018 年更首度突破一年15,000 申請人次的關卡。相關業者主打費用低廉，一天上 8 小時一對一課程，包吃包住一個月，不到 50,000 台幣，引起英文學習者的廣大迴響。

　　若從沉浸式習得角度來看，菲律賓留學是不是一個好方法？學習者又如何讓菲律賓留學的效用最大化？

英語教育外包

　　菲律賓在第二次世界大戰之後，曾一度為亞洲數一數二富裕的國家，據說東北亞的人都曾爭先恐後到菲律賓工作，可惜因長年腐敗的政治和貪汙，菲律賓從此一蹶不振，至今仍有 1／3 國民處在極貧困的社經窘境。

　　以教育產業為例，號稱待遇比較好的英文老師，平均年收入仍只有 180,000 菲幣（約 110,000 台幣），算一算時薪可能不到 100 元台幣；有些線上英文學習網站主打一對一教學，一小時 99 元台幣的師資就來自菲律賓。千萬不要小看這比 100 元還低的時薪，在菲律賓的英文師資必須接受過良好大學教育，並經過重重篩選關卡，才能從激烈的競爭中脫穎而出。

　　因為「老師」實在太便宜了，日本人最早開始有了「英語教育外包」的想法，在日本花一大堆錢學不好，送歐美又花太多錢，菲律賓英語教育費用便宜，英文程度也不比日本人差，那不如送去菲律賓試試。後來韓國人也加入到菲律賓學英語的行列，甚至比日本更投入，這股風潮現在也吹到台灣。

　　因為師資「物美價廉」，也使這裡有別於世界任何一個地方的語言學校，絕大多數課程都是一對一，許多學校甚至還標榜「全天 8 堂課一對一」。以我參觀過的「One to one」語言學校為例，全天班的學生每天會跟 8 個不同的菲律賓老師，輪番上一對一課程，教室看起來像醫院診療室，這是在任何一個已開發國家學校都不可能看到的盛況。

　　一般歐美國家朋友來台教英文，一小時領 500 到 600 元台幣還覺得太低薪。試想，如果在歐美的語言學校，要做到「8 小時一對一」，會收什麼樣的天價學費？相較之下，菲律賓語言學校一個星期五天、每天 8 小時的一對一互動，一個月學費台幣 50,000 元有找，包吃包住包上學，還包含菲律賓政府嚇人的稅與規費，實在是經濟又實惠。

扭轉語言學校的先天限制

　　在日本、美國，或是歐洲的語言學校，我將學生和老師上課的方式稱作「一傅眾咻」，非常不利於語言習得。

　　「一傅眾咻」的典故出自《孟子》：戰國時代楚大夫問孟子：「如果讓兒子學齊國話，要請齊國人（外師）教他，

還是楚國人（中師）教他？」孟子回說：「就算你請齊國人教他，如果周圍的人一直說楚國話，您的孩子還是沒辦法學好齊國話，重點在環境！」

這段穿越時空的對話，完全適用在當今的海外留學現場。多少人跑去加州學英文，卻學了廣東話回國，這就是現代版的「一傅眾咻」（只有老師是美國人，周圍都是華人）。我本身在德國、土耳其念過語言學校，效果不是很好，我也才有所體悟。到先進國家念語言學校、特別是短期課程，非常不合成本且低效。

我們千里迢迢到國外學語言，求的就是把外語當母語說的環境，把自己關在只有老師一個人說外語的語言學校，不就本末倒置？你該做的是多出去吸收母語環境的精華。

宿霧雖然沒有真正的英語母語環境，但宿霧的語言學校裡用「全天一對一」的方式，扭轉了語言學校的先天限制，讓學生可以在校園裡全天候接受英語的刺激。

本來我以為宿霧另一個賣點是當地人人說英語的環境，但實際到當地生活一週後，發現並不是人人會說英語。有些人講得不差，但有些人只會聽、不會講，雖然也有些人講得接近美國母語人士，但要在這樣的大街上把英語練到進階，

並不容易，也不是最佳的環境。宿霧真正的英語環境反而是在語言學校裡，學生們和這些英語程度很好的菲律賓老師朝夕相處，一起吃飯、一起出去玩，亦師亦友，真正把英語融入生活，一段時間之後大多數人都能培養出對英語的直覺和自信。

我到宿霧當地知名餐廳用餐時，就遇到一群日本人和他們的菲律賓英文老師，平常除了在學校一起學習之外，也不定時會一起出去玩、聚餐，期間都會說非常多的英語，這樣亦師亦友的教學方法看來非常有幫助。

因此，無論你的英文考試分數如何，只要不習慣使用英文，口語聽力卡卡的，想出國練英文，但又不想花太多錢，菲律賓是值得考慮的選項。若錢對你來說不是問題，或是你已經「習慣使用英語」，屬於英語習得的進階者，那美國、加拿大和英國當然是你的首選。至於怎麼到當地建立良好環境，就看你如何妥善運用第二部分享的沉浸式習得方法了。

菲律賓英文口音是個問題嗎？

台灣人普遍喜歡批評口音，無論電視是誰講英文還是講

　　日文，無視內容好壞，直接批評口音。提到菲律賓學英文，許多人也馬上提到口音問題，覺得菲律賓腔很重，怕自己去那裡學會學到不正統的腔調。

　　在討論菲律賓英文口音之前，大家先想想這段話：「當你用食指指著別人時，4隻手指是指著自己。」當我們說印度人口音很重，法國人講英文很好笑，日本人的「片假名」（katakana）英文很蠢時，我們常忘了自己也不是英語母語人士，「台灣腔英文」其實也常讓人有聽沒有懂。

　　我的恩師台灣大學外文系史嘉琳教授，要求修習她「中等教育學程英文組」的必修課程，一定要上「英語語音學」。根據她多年累積的英語教學經驗，發現即使是第一線的國高中英語教師，發音也常大有問題，甚至渾然不覺。為了提升英語教學品質，要當英文老師的人應該先修「英語語音學」。現在，台灣英語教育現場的妖魔鬼怪已逐漸凋零，英語師資普遍比30年前進步多了，更多的是兢兢業業、不斷砥礪自我的菁英。

　　談到這裡，我只想給大家一個觀念，只要不是母語人士，多少都有口音，如果你可以接受在台灣跟台灣老師學英文，那就沒有理由否定跟專業菲律賓外語老師學英文的價

值。如果要求師資絕對沒有口音，那只能尋求少數像史嘉琳老師一樣的母語兼專業人士幫忙。

　　我對菲律賓口音沒有太深的研究，但在世界各國的口音當中，菲律賓口音算是容易辨識的，而且有些英文非常好的菲律賓人完全沒有口音。我在馬尼拉的好友凱，跟我一起在德國明斯特上德語課，我們班上有位來自美國的大叔，他聽到凱的英文之後，驚訝地說：「為什麼你講的英文跟我一模一樣，完全沒有口音，菲律賓人平常也說英語嗎？」

　　此外，菲律賓的英文老師還有一個有別於世界各地非母語英語老師的特點，那就是英文他們來說是「生活上的語言」，在食衣住行育樂方面都會自然地使用英文，高中和大學也都用英文受教育，「英文生活化」這點可算是他們的強項。更具體地說，他們絕對比一般台灣的英文老師更習慣用英文授課。

　　然而，非母語人士畢竟有所極限，這也就是為什麼菲律賓不適合進階習得者的原因；如果你已習慣聽英文、說英文，也有很好的字彙和閱讀能力，菲律賓的英文環境沒有辦法給你太多幫助。

我到底該不該去菲律賓學英文？

再強調一次，如果你有基本英文程度，也能用英文跟外國人溝通，就不用再去菲律賓學了，想更進一步就去英、美、澳。

在此也分享一點我的觀點。我發現很多台灣人真的過分謙虛，缺乏自信，我在第一部提過的 F，英文明明聽說讀寫流利，持有多益檢定最高等級的金色證書，還能跟美國大學生一起上課，這樣的她都曾想過要去菲律賓留學，如果真的去到當地，她應該是要去教菲律賓老師才對吧。

菲律賓留學適合的是英語初學者，而且是預算不多的初學者。

如果你是初學者，預算有限，在台灣補習班三天捕魚、兩天曬網，學了又忘、忘了又學，怎麼都學不好。若想一鼓作氣提升英文能力，我認為不如去宿霧，花 1 到 3 個月的時間習慣說英文、用英文，讓英文對你的生命產生意義。

如果你沒有預算上的限制，最好的選擇當然是依本書介紹的方法，去美、加、英、澳等真正的英語系國家做沉浸式習得。至於去英語系國家念語言學校，就是最下策了，費用

不但比菲律賓貴，也比沉浸式習得貴，效果更是有限，如此出國「一傅眾咻」，不如乾脆在台灣沉浸式習得就好！

把握眞實交流機會

從沉浸式習得的角度來看，去菲律賓學英文最有價值的一點，是老師跟學生亦師亦友的關係。老師不只是一對一上課，學校還允許他們課餘時間帶學生出遊，甚至有學校安排老師跟學生一起住，這種真實交流的機會，學習者一定要多把握。

綜合以上觀點，我對到菲律賓學英文樂見其成，是「英語習得初級者」的福音，這種經濟實惠的選擇也給一般人「英語翻身」的機會，讓英文不再是有錢人的專利。其餘的就請各位慎選代辦公司和語言學校，小心黑心業者，祝各位菲律賓沉浸式習得順利！

CH21

準備考試檢定：
認清語言檢定的本質

　　我本以為世界上最熱中考試的國家，就屬東亞儒教文化圈數國，後來意外地發現還有土耳其。我去土耳其留學才發現，當地不是只有冰淇淋、沙威瑪和卡帕多奇亞的熱氣球，大小城市裡還有數不清的補習班，學生為了升學考試，拚得死去活來。

　　其實，只要是在教育以考試為導向的國家長大的小孩，都很在意檢定分數，也習慣以此或證照來肯定自己。在台灣教育背景下成長的我，自然也深受影響，年輕時非常喜歡去考各種不同的語言檢定來「證明」自己，像是英語檢定多益（950，口說寫作190／200）、托福（CBT 280）、GRE（Verbal 720，百分等級97%）；法語檢定TCF C1、DALF C1；日語檢定舊制一級；德語檢定TestDaF……這些年下

來，我也累積了不少考試經驗。

　　在分享考試經驗之前，我還是要再三提醒，語言檢定跟你是否能流利使用語言，沒有太大關係，考過了也不代表你會用。如果你是學日文的朋友，應該遇過很多考過日檢N1但說不出日文的「N1啞巴」吧？世界上也有很多益990的「英文紙老虎」。其實世界上大多數國家的人沒在考語言檢定，像台灣、韓國、日本企業很愛叫員工和面試者去考的多益檢定，歐美根本沒有人知道，也沒有人會去考。而且你知道，中國也沒人在考多益嗎？

　　真正的跨國公司不會用考試成績來衡量你的英文能力，如果到了國際場合，還跟別人說你多益考幾分，只會讓人一頭霧水。

　　學語言有沒有學會，自己最清楚，沒事不要勉強自己去考語言檢定，真的有不得已或是職務需求時，再去準備即可。

認清語言檢定的本質

　　以下是給在台灣的外國人，參加中文檢定考試「華語能

力測驗」（TOCFL）精通級考題，請大家試做以下題目：

　　《印象雷諾瓦》描述畫家雷諾瓦晚年因遭逢愛妻逝世，又飽受疾病所苦，而面臨繪畫生涯的＿＿＿1＿＿＿。其後，因與安黛邂逅，他＿＿＿2＿＿＿的生命從此綻放出前所未有的創作能量。＿＿＿3＿＿＿雷諾瓦的兒子竟愛上安黛，父子間的衝突一觸即發。在情感與病魔的交織摧殘下，雷諾瓦＿＿＿4＿＿＿身心俱疲，仍日以繼夜地創作，他以布條將畫筆＿＿＿5＿＿＿在變形的手上、離開病床坐在特製輪椅上，視這些＿＿＿6＿＿＿為一道道試煉，化作畫布上一抹繽紛愉悅的動人光彩。

　　＿＿＿＿＿＿1. (A)里程碑　　(B)單行道

　　　　　　　　　(C)出發點　　(D)轉捩點

　　＿＿＿＿＿＿2. (A)怦然心動　(B)黯淡無光

　　　　　　　　　(C)百感交集　(D)匪夷所思

_____3. (A)不料　　(B)反之

　　　　　　(C)未免　　(D)據悉

_____4. (A)一旦　　(B)縱使

　　　　　　(C)之所以　(D)以至於

_____5. (A)纏　　　(B)揪

　　　　　　(C)鑲　　　(D)編

_____6. (A)苛責　　(B)詛咒

　　　　　　(C)警訊　　(D)磨難

（題目來源：對外華語測驗TOCFL網站：https://www.sc-top.org.tw/mocktest.php）

　　請問，你做以上精通程度的語言檢定題目時，有使用文法分析嗎？你有猶豫很久嗎？是不是覺得有點太容易了？你肯定會覺得考得很簡單，只要選唸起來通順的答案就好，其他不順的選項讀起來像雞同鴨講，根本就不可能。

　　這就是我第一個要分享的觀念：語言考試跟一般升學考試，並不太一樣，考官並不會刻意設計題目要考倒你，只要你能正常理解並使用語言，不需透過文法規則或是刻意練習，就能選出正確答案。也就是說，你不需補習、學解題技巧，唯一需要的是把語言學會。

　　還有一個觀念想跟大家分享，先不管語言檢定有沒有參考價值，就算你考過語言檢定的最高級，離真的精通還是有很大段的距離。以上 TOCFL 測驗內容，屬於 CEFR 歐洲共同語言能力測驗標準認可的 C2 等級檢定，號稱是母語人士精通程度，你覺得題目很難嗎？總之，不要太迷信考試。

　　反過來說，若你還不太會語言，下面的題目就會不知道怎麼選了。

* ____ is no better season than winter to begin training at Silver's Fitness Center.

  (A) When　(B) It　(C) There　(D) As it

* The recent worldwide increase in oil prices has led to a _____ demand for electric vehicles.

  (A) greater　(B) greatest　(C) greatly　(D) greatness

* Maria Vásquez has a wide range of experience, _____ worked in technical, production, and marketing positions.

  (A) having　(B) has　(C) having had　(D) had

- Tickets will not be redeemable for cash or credit at any time, _____ will they be replaced if lost or stolen.

   (A) but   (B) though   (C) only   (D) nor

（題目來源：TOEIC線上例題）

　　對於已經學會英文的人來說，無論是不是母語人士，做這些題目就跟我們做TOCFL的中文題目一樣，靠的是直覺，而不是文法規則或邏輯思考。對於英文程度還不夠的人，考多益就像野兔誤入叢林，這時才想用解題法、文法或是其他工具應試，都會非常困難。

　　經過以上TOCFL和TOEIC考題的比較，我希望你已經了解語言考試的本質。只要學會語言就能答對，並不需要特殊的練習或知識，所以不用擔心「不念書」或是「沉浸式習得」讓你沒有辦法通過考試。

語言檢定應考對策：沉浸式習得＋刻意練習

　　基本上，沉浸式習得考試的對策，就是沒有對策，只要放鬆自然地去沉浸、習得，自然就會提升程度。到什麼程

度，就會考什麼分數，這一點在聽力測驗尤其明顯，聽得懂就聽得懂，聽不懂就聽不懂，其他什麼考試祕訣都派不上用場。

這裡分享一個對考試有幫助的學習小習慣，平常使用語言時，多注意自己講的和寫的內容，跟母語人士有何不同。如有不同就調整，若不確定為什麼不同，也可以跟母語人士討論；閱讀時也可以保持同樣習慣，如果發現寫的內容跟你平常講的不太一樣，要記下來改正或諮詢母語人士。

只要是考試，當然都有方法，如果不把檢定當成一個評量自己的機會，而是一個硬要考過的測驗，我可以提供你一些有效方法。

多年前，我曾做過一個語言考試實驗對照：我刻意在去法國交換留學前，考了 TCF 法語檢定考試，簡而言之，就是法文版「多益」；交換留學結束後，我又再考了一次 TCF，看成績是否有差異。

第一次考 TCF 時，我的聽力、文法、閱讀、口說和寫作的分數，分別是 B1、C2、C1、C1 和 C1；第二次考 TCF時，成績是 B2、C1、C2、B2、B2（C2 最高，A1 最低）。

第一次考試時，除了聽力這種無法刻意準備的項目之

外，其他我都刻意準備，像是死背文法、死背單字；考口說和寫作時，也刻意背下模板，並選用深難法文句型和單字，營造出我「讀過很多書」的印象。最後，除了聽力之外，其他項目我都考了超過當時自己法語的真實水平。

第二次考試時，我是「裸考」，也就是毫無準備，這次考試成績才真正反應出留學一年後的真實法語水平。

以上我想反應的是考試的荒謬，以及可以準備的可能性。我去法國留學一年，每天講法文又寫報告，聽力口說怎麼可能「退步」，比去法國之前「還差」？唯一合理的解釋，就是我去法國之前考的那一次是因為技巧性的刻意準備，才考出比實力更好的成績。

以上兩次考試結果前後對照，讓我了解到準備語言考試有幾個重要的觀念，首先是「聽力」無法刻意準備，能夠進步的量是固定的，即使每天一直跟人講話、一直聽外語，也不會進步比較快。這一點往好的方向想，就是不用花時間準備聽力，往壞的方向想，就是臨時抱佛腳練聽力是沒用的。

除了聽力之外，文法、閱讀、單字或是聽力跟口說，則都有許多方法和技巧來刻意練習，若想考出超越自己目前語言水平的成績，絕對是有可能的。

　　接下來關於強記的刻意練習方法，雖然跟本書介紹的沉浸式習得較無關連，有心準備的朋友自己上網也都查得到，但因為還是有許多人關心如何通過語言檢定，我僅簡單扼要分享幾個自己用過、大家準備考試也用得上的方法：

綜合實力提升

　　短期內快速提升語言考試實力最好的方式，就是做「跟讀並查逐字稿」練習。前面已略微提過，就是每天上目標語言新聞網站，下載一篇有音檔、附逐字稿的音檔或影片，例如美國公共廣播電台（NPR）或是日本的NHK。

　　為什麼要用生硬的新聞做為學習材料呢？因為大多數語言考試題目都正經八百，也會以標準語言為主，因此新聞是提升考試分數最好的材料。如果準備考試項目包含寫作，建議每天寫日記，並請語言程度好的朋友批改，記下錯誤，讓自己考試當天不再犯錯。

聽力

　　因為聽力需要時間進步，也沒辦法抱佛腳，因此必須提早準備，至少要有3個月的時間練習，才會有顯著進步。我

們只要養成每天固定聽目標語言的習慣，考試前熟悉聽力考題和作答方式即可。

文法

　　學會一個新語言，就像學會母語一樣，只要程度夠，就算不懂文法，也能用語感回答文法題目。若語言水平不夠，我們就要用背文法的方式刻意搶分，但這只適用於習慣學習文法的人，若你不屬於這類型的學習者，學文法只會越學越混亂。

　　若真要靠「背文法」的方式搶分，大概需要在考試日期前兩個月開始準備，背完文法書後，再充分做考題練習。然而，近年來大部分語言考試，其實已取消針對文法出題的項目，例如早期紙筆托福考試還有考文法，之後就完全取消了，現在越來越難用「背文法」搶分。

閱讀

　　「字彙量」是考好閱讀這一項目的關鍵，不需去考慮單字真正的意思或用法，只要死背在考題中遇到且能認出來的程度即可。大量背單字最慢要在考前一個月開始。

寫作和口說

在現實生活情境當中，寫作和口說是一翻兩瞪眼的能力，根本無法事前預測遇到的人會跟你說什麼，也沒辦法騙人，但在語言考試中，卻是最容易「膨風」的項目。

準備這兩個項目的基本策略，就是「背模板」。無論被問到什麼問題，都透過事先準備好的完美模板，一字不漏地回答，也可以把考官的問題引導到你最會說的項目。

除了模板之外，也可以刻意背誦深難句型和高難度單字，讓考官覺得你的語言程度一定非常高，才有辦法使用這些句型和單字。

練習考題

準備語言考試不需做太多考題練習，而且多做題目並不能提升我們的語言能力，因此不需要花太多時間做考古題或例題，只要考前兩個星期，把例題做一做，當作熟悉考試題型的練習即可。

雖然刻意準備真的可以通過考試，我還是要苦口婆心地勸大家，只有學會語言，才是真實力，與其用以上技巧通

關，不如提升真實的語言能力。當你語言程度夠了，不用準
備語言考試也會得到好的工作機會。

CH22

也想當多語達人：
大腦沒有語言數量的限制

　　就像許多其他非洲國家一樣，從小在肯亞這類多語社會環境長大的人，不會覺得學很多種語言是件奇怪的事，也沒有人覺得多學一種語言，會讓其他語言退步。不會認為會說很多語言的人是天才，會說多種語言，就像汽車維修員身上會帶扳手和其他工具一樣，是一件再自然不過的事情。

　　然而，在單一語言、單一民族國家生長的人，很難理解一個人會說多種語言是怎樣的情況，也因此對多語能力有許多迷思和誤解。

　　台灣雖然實質上是多語言國家，但因為政府法令和教育長期實施單一語言政策，大部分台灣人也像日本和韓國這兩個超級單一語言民族國家一樣，對多語言有很多迷思與誤解。

　　在我們談如何學習多語言之前，先來了解這些迷思。

多語能力的迷思與眞相

學多語並不會比只學一種更慢學會

第一部曾提過，無論哪一國的小孩，大概在兩歲時就學會語言，從出生到兩歲，小孩接觸語言的時間，平均累積有1,000小時，因此專家常說，從不會母語到學會母語，大概需要花1,000小時的時間。

那麼，如果一個小孩的爸爸和媽媽，都跟孩子說不同語言，或是大家族裡所有人都講不同語言時，這個小孩學會這些語言的時間，也是1,000小時嗎？

還是說，學兩種語言需要2,000小時，三種語言就需要3,000小時，學越多就要花越久時間？

這個問題的答案不需要專家來回答，我想大家可以從自身經驗知道，答案肯定是前者。

在台灣就有許多雙語甚至三語人口，說國台語雙聲道，或國台客語三聲道的人，學語言並沒有花比較多的時間，原住民的朋友還會多一個族語。在非洲、印度、馬來西亞和歐洲盧森堡這些地區和國家，成千上萬的人從小都同時習得多種語言，他們並沒有多花時間，只要年紀到了，所有人都學

會多語社會裡的所有語言。

學多語言並不會混亂

　　無論是大人還是小孩，剛學一個新語言時，都不免還是會想講母語，比如說日文程度還不好時，就會想用中文表達；如果你英文很好，可能會想用英文幫日文。這些現象並不代表「混亂」，而是因為你想用能力較強的語言，來幫助較弱的語言。

　　從小學多語的小孩也一樣，你會觀察到他有混著說多種語言的時期，但5歲之後，他就會分清楚語言的使用，並不會因此產生混亂。說多語長大的人，還會另外發展出一種叫「語碼轉換」（code-switching）的技能，就是自然地把兩到三種語言混在一起講，方便和同樣背景的人溝通。但要他們把每種語言分開來好好講，也是不會有問題的。

人腦沒有語言數量的限制

　　大腦就是一台超級語言習得機器，設計來學會環境中任何語言，有10個，就會自然去學10個，而且就算你不想學，也會自然習得。

　　常常有人問我：「你腦袋不會爆炸混亂嗎？」其實語言沒有這麼難，人也一直都在學習新技能和知識，其他各領域的專業人士，頭腦都沒因承載太複雜的專業而爆炸。就把學一個新語言當成是學一門新運動，學很多運動，頭腦並不會爆炸，也不需特別聰明的大腦。

說多語言不需要語言天分

　　這一點我已在第一部開頭提過，為什麼語言跟天分沒有關係。盧森堡每個人都會說四種語言，馬來西亞至少三種，肯亞人甚至超過五種，難道這些國家人人都是語言天才嗎？

多語言比起單語言有許多優勢

　　除了語言和文化上的優勢外，在社經條件相同的情況下，說多種語言的人無論是認知上、學業上或是社交能力上，都比單一語言者有優勢。

學一種語言不會比學多種更專注

　　常常有人跟我說：「我也想學日文，但我想先把英文學好。」會這樣說，是覺得先學日文再說英文，日文就會變差

嗎？還是說，又學日文、又學英文，會沒有時間專精英文？

　　事實上，我認識的大多數人並沒有因為不學日文，就把剩下的時間拿去專精英文，反而是那些決定又學英文、又學日文的人，會更認真把握時間學習兩個語言，最後學英文的時間反而變更多了。

多語如何習得？

　　若不談識字教育的部分，你會發現，學會兩種語言跟只學一種語言花的時間竟然一樣多，這怎麼想都不合理啊，又該怎麼解釋呢？在此引用喬姆斯基（Noam Chomsky）的「UG 理論」（普遍語法，Universal grammar），來跟大家說明多語現象。

　　在喬姆斯基之前的時代，世人對於「語言學習」的看法，承襲行為學派心理學家史金納的理論，認為人就是一張白紙，跟動物沒什麼不同，學習就是制約，因此學語言跟訓練狗沒有什麼不同，只要練習、練習、練習，記憶、記憶、記憶，有背就會，沒背就不會。

　　喬姆斯基非常懷疑行為學派的語言學習理論，直覺認為

這個說法跟事實有很大差距，於是他開始仔細研究孩童的語言習得過程。結果他發現，孩童根本不是用「學習記憶」這種方式在學語言，因為孩童可以說出很多從來沒聽過的話，也能靠自己造出從來沒有聽過的句型。事實上，孩童從父母家人那邊接收的語言刺激有限，如果一定要「有聽過」或「有背過」才會，兩歲孩童一定沒辦法擁有這麼複雜的語言能力。

由此可見，大腦並不是在「背語言」，而是透過每天接觸到的語言訊息，在「自我建構語言」，只需被餵養自然的語言訊息，當刺激足夠之後，就會自動發展出完整的語言系統，讓我們知道怎麼講話、造句，才符合語言的法則，這就是語感的由來。

我們第一次學語言的時候，因為大腦是第一次建立語言本能，所以花的時間比較長，才需要兩年平均 1,000 小時的刺激，但只要建立語言本能之後，就不用花這麼多時間了。

例如，一個 5 歲小孩若移民到美國，在周圍都是美國人的環境下，他並不需要 5 年才達到當地 5 歲小孩的英語程度。一般來說，只要半年到一年，就可以達到跟當地小孩一樣的水準，這是因為他已經透過自己原本的母語中文建立了

大腦的「語言中樞」，之後若學其他語言，就不需從零開始，所以習得英文的時間就比第一次習得中文快上許多。

　　此外，語言習得還有一個重要性質，那就是每天能進步的量是固定的。這就好比一天練 12 小時的小提琴，不會達到 12 小時的效果，但如果把 12 小時平均分散到 12 天，每天一小時，效果會好非常多。多語習得可行的另一個原因，就是「邊際效益遞減」的原理，我們每天都沉浸 12 小時的英文，並不會讓我們得到 12 小時的效果。每天的沉浸量，有其有效上限，若把沉浸時間平均分配給各種不同語言，理想的情況下，所有的語言都能有效習得，就像在盧森堡長大的孩子一樣，同時學會盧森堡語、英語、法語和德語。

沉浸式習得多語範例

　　語言的多寡並不影響沉浸式的做法，方法原則都是一樣的，但假設要同時學兩種語言，那要各花多少時間，才會有效呢？

　　根據《雙語優勢》裡提到的「皮爾森研究」結果顯示，在完全沉浸式的狀態習得兩種語言，只要其中一種不少於總

習得量的20%，就能雙語同時有效習得。

在亞馬遜地區沉浸式習得克丘亞語的 M，就是一個多語沉浸式的最佳例子，她每天沉浸式英文和克丘亞語的時間，估計是一半一半，因此能有效最大化習得兩種語言。若當時她能有一個說西班牙語的環境，三個語言各占33%的時間，幾個月之後，她應該也能將三種語言的習得效率最大化。

因此，根據這個20%的原理，我們可以在日常生活中，把至多80%的時間留給第一優先語言，20%時間留給第二優先語言。若想要維持同樣效率，那我們最多就同時沉浸式5種語言。然而，其實你根本不必在意到底能否同時以最高效率習得，重點是自己學得開心、輕鬆自然就好了。

最後分享一個同時學三種語言的策略。假設你要同時學三種語言：法、日、英，這三個語言程度剛好是初學、中等和進階，主要目標為程度中等的日語，以下是建議策略：

多語言的沉浸式環境

只學一個語言時，我們只會沉浸在某一種語言的環境裡，若目標有三種語言，則把時間平均分配，每一種語言都可以透過習得的機制進步。若以同時習得英、法、日這三

語為例，可以 33% 的時間沉浸英語環境、33% 日文環境、33% 法文環境。若創造不出法文的沉浸式環境，可以用「一直聽」法文替代。也就是說，因為平常已經會說英文，也會說日語，其他時間都聽法語就可以了。

自學多語策略

製作三語「一直聽」資料夾

若要自學三語怎麼辦？第一個方法是製作好三語「一直聽」資料夾，隨機播放三種語言，另一個方法是找到類似迪士尼電影或宮崎駿動畫的材料，三種語言「一直聽」材料都是同一部電影或動畫，比如說都是《龍貓》或《冰雪奇緣》。這樣「一直聽」三種語言，就可以相呼應，也可相互刺激，達到最好效果。

初學的語言玩 app

在台灣很難創造法語沉浸式環境，因此不是主要目標的法語，除了「一直聽」之外，只要玩常用基本字詞的 app 當作消遣即可，慢慢打基礎。

主要目標語言要全力進攻

閱讀能力和累積深難字彙沒辦法「習得」，因此把多餘時間花在主要目標語言日語上，加強日語的閱讀和深難字彙。

把最熟悉的語言當生活工具

英文是已經精通的語言，這時候不需刻意學習，但必須把英文當成日常生活的工作。例如查資料時都用英文查，休閒娛樂也用英文，用來學日文的參考書也可以使用英文材料。

當日語達到可運用自如的程度，想要繼續學更多語言的人，就可以把日文搬到英文的位置、法文搬到日文的位置，然後再選一個新語言開始。

人的語言潛能無限，我認識許多語言狂人，一輩子下來都學了 40 到 50 種語言，這不是不可能的事，除了正確的觀念和方法外，就是恆心、毅力和熱情了，加油！

CH23

教外國人中文：
沉浸式華語教學

　　認識外國朋友、建造全外語環境，是「沉浸式習得」相當重要的環節。先前分享的各種工具中，就包括「免費教外國人華語」這一項目。透過教外國人華語，過程中我們不但有使用目標語言的機會，教學之外也能和外國人充分交流，進行沉浸式習得。

　　在此就來談談教中文、學中文這件事。

華語熱詐騙集團

　　世界上有越來越多人學華語／漢語／中文，形成一股「華語熱」。有「熱」就代表有商機，我們會直觀地覺得，教華語可以賺大錢、有不錯的待遇，但事實真是如此嗎？

　　講到錢，我們不能只看需求，還要看供給。中文是全世界最多人說的語言，也就是這個原因，讓中文變得廉價。就算我們用最嚴格的標準，只有那1%的「中文菁英」可以教中文，13億人的1%是1千多萬，就算用0.1%去算，也還有100多萬。目前世界上的中文學習人口，估計有400萬，明顯供給大過於需求，這就是華語教學不熱的根本原因了。

　　如果不相信世界是這樣的運作，可以看看西班牙文的情況。西班牙文號稱世界第二大語言，學西班牙文的人比中文更多，教西班牙文的人有因此大富大貴嗎？各位可以去查查看中南美洲的西班牙文課程價格，也可以看看線上西班牙文教師的價格，隨便選個平台，用italki就好，低於每小時5美元的家教，挑都挑不完，你也可以調查中文家教是否也是如此。

　　如果比較「華語教學」和「英語教學」就會發現，華語教學是一個一點都不熱的職業。首先，一個以華語為母語的人，要成為華語教師，無論在私人機構還是公家機構，都需要顯赫的教學經歷，最少也需要師資培訓證書，外語能力更是必要條件。即使幸運錄取了，薪水可能只比一般打工高一些。

　　要成為英文老師，不但不需要參加「英語師資訓練」，甚至只要膚色或出生地正確，不是母語人士，也可以教英文。即使你覺得這樣不合理、不專業，但你不能跟市場爭論，市場說明了英語教學的需求大於供給，只要你是母語人士，不需會說其他語言，你在世界上任何一個地方，都可以輕鬆找到一個比當地一般時薪高許多的工作。真正熱的一直都是英文，而不是華語。

　　因為僧多粥少的關係，想在學校或大機構教華語的教師，最少都要有華語教學師資培訓證書，很多想走華教的朋友還沒賺到錢，就先付了 2、3 萬培訓費，整個華語熱的贏家是誰？至此不言而喻。

　　這就是一個夾娃娃機產業，明明有賺錢的台主很少，卻要到處宣稱經營夾娃娃機很好賺，總是用那幾個少數的「娃娃機神級台主」做例子，吸引更多人跟娃娃機工廠租娃娃機，賺錢的人是誰，也很明顯了。

　　踏入華教這一行要想清楚，這不是可以淘金的行業。華教之路需要熱情和興趣，沒事不要去上證照班給人賺錢，專業的都沒工作了，怎麼可能輪到「備用」的？「混不下去至少還可以教中文」是場騙局。

沉浸式華語教學

華語教學錢難賺，我也沒有時間和精力全力投入這一產業，但基於對語言教育的熱愛和實驗精神，目前我不定期舉辦「到台灣沉浸式習得中文」，給想學中文的外國人參加，做法跟「到日本沉浸式習得」和「美國沉浸式習得」相同，學員必須從早到晚都用中文跟台灣人真情互動，一個星期下來成效良好，外國學員都給了我很好的反應，相關見證和體驗，可以參考中文沉浸式習得的網站：polyglotimmersion.net。

因為這是用學母語的方式學中文，所以我並不需要知道華語教學那一套，就能帶外國人學中文，只要一直幫他們創造環境，自己也積極跟他們交流就可以了。

「沉浸式日語」「沉浸式英語」和「亞馬遜地區沉浸式」其實也是一樣，活動裡許許多多跟學員互動的日本人、美國人或是克丘亞人，並沒有覺得他們自己是老師，他們知道我只要自然跟這些外國人互動，他們就會進步。

在此，我沒有要否定華語教學的意思，華語教學是另一種專業；更具體的說，如果我要幫助一個外國人會說也會聽

中文，我並不需要使用華語的教學方法，甚至我認為，就聽跟說而言，不用華語教學方法是比較好的。你難道不覺得，那些沒在華語中心上過課、在台灣工作的印尼看護工，中文甚至是台語都很棒嗎？

不需要懂華語教學也不需要懂「寫教案」，只需要懂沉浸式原則，就能幫助外國人學會說中文，這代表我們只要花一點點心思，就可以幫助別人，何樂而不為呢？而且從沉浸式習得的角度來看，免費教外國人中文是建立外語環境最好的方法。

沉浸式華語教學準則

帶外國人進入你的生活，讓他跟你和你朋友出去玩，自然互動就是最好的方式，如果真的要坐下來像上課一樣，可以參考先前「如何找線上家教」的條件，有效沉浸式華語教學的原則也是一樣的。

1. 所有的教師無論學科還是術科，最好是受過良好教育的母語人士，若不是母語人士，也必須對目標語言有接近母語人士的掌握能力。

請你要有自信，母語人士就是沉浸式習得最好的「老師」，不要覺得自己沒有受過訓練，就不能「教」，在沉浸式習得領域，什麼都不懂的母語人士才是最好的。

2. 老師要清楚區分語言的使用和時間長度，什麼時候用目標語言（外語）和什麼時候使用學生的母語，都要清楚定義。

如果你要幫外國人學中文，就不要跟他講英文或他的母語，除非他要求你跟他說，你才考慮。

3. 課程設計以「學習內容」為導向，讓學生用目標語言學習新知或技能，教學中注意學生的語言發展；課程內容必須融合語言、文化和教學原則。

不需要寫教案，不需要刻意去教數字、動物、餐點這些主題，你準備很多主題跟他說，準備故事講給他聽，用投影片也是很棒的方式。只要自然、有互動就有用。

4. 教學方式須符合學生當下的語言能力和身心發展，盡可能誘導學生使用目標語言。讓他開口比你開口重要，想辦法讓他說話。

5. 開心面對他聽不懂的反應。不要因為他聽不懂就覺得挫折，沉浸式習得就是聽不懂就算了，換另外一個話題。

6. 實境教學：直接去逛超市、學校、百貨公司，過程中自然地跟他一直說話；另外一個方式，是準備很多書和影片跟他分享。想像你們是一起出去玩，想到什麼就做什麼即可。

　　知道怎麼學，不一定知道怎麼教人，但若知道怎麼教人，就一定知道怎麼學！沉浸式華語教學除了可以當作「沉浸式習得」的工具之外，也可以當作沉浸式習得的一個練習，了解學習者在過程中會遇到的問題，等同於了解自己在學習中會遇到的問題，一起進步。

　　若讀者對於「免費教華語」或是對於服務外國華語學習者有興趣的人，可以來我們多語咖啡的中文桌服務。歡迎讀者聯繫我，我很樂意幫忙安排喔！

ch24

遇上傳統語言教與學困境：沉浸式找回學習本能

　　我是一個日本動漫迷，如果要選一部小時候我最百看不厭、印象也最深刻的作品，我會選《麻辣教師GTO》。國中時，不知道為什麼愛這部作品，長大之後才發現，原來是因為教育是我的熱情，難怪會不自覺被這部作品吸引；我會離開美國博士班，也是麻辣教師鬼塚英吉冥冥中的指引吧。

　　我贊同的教育方式，是啟發式教學，而不是教授知識。老師應該讓學生找到學習熱情，若一個老師能夠啟發學生學習，那就算他跟麻辣教師鬼塚英吉一樣什麼都不會、程度比國小生還差，也沒關係；反之，若一位老師不懂如何啟發他人，也無法引起學生學習興趣，那他再博學、懂再多，都沒有意義。

　　在這個什麼知識都可以上網查、維基百科比課本厲害的

時代，老師傳授知識的功能已經式微，「GTO型」的老師會越來越重要。人們常討論AI人工智慧能否取代人類的許多職業，包含教師，我倒不認為AI能完全取代老師。我母親就是國小老師，她曾跟我說過，如果只是要學會數學、國文等學科知識，國小畢業就能教國小學生；老師不是來教知識的，是來教做人的，要教做人，就要有大人的成熟度。

語言能力沒有辦法真的被教會，小孩也不是被教會語言的，因此沉浸式習得就是百分百的啟發式教育。無論是在美國、日本，還是台灣，我的工作都不是教授知識，而是創造沉浸式環境給學員，並從旁啟發他們，讓他們自己去環境中成就語言習得，也成就自己。

我深信現代外語教學需要沉浸式習得，也需要這種啟發式教育。

從沉浸式習得，看體制內英語教學

體制內有很多體制內的問題，也有很多我不了解的地方，在不考慮制度的情況下，我想分享幾個看法。

我覺得體制內英語教學成效不彰的根本原因，就是英文

課沒有用英文上。

　　從沉浸式習得的理論和過去案例來看，雙語學校的成功來自於全程使用目標語言，而且是用目標語言去學學科和術科。對只有在學校上課的學生來說，他平常已經沒有沉浸式的機會了，自己可能也不知道怎麼去創造，如果在學校上英文課時，都沒辦法嘗試用英文上課，那他要在哪裡「用英文」？

　　雖然一個星期五堂課時間很短，但至少讓這 5 個小時是扎扎實實的「沉浸」，10 年累積下來就有大概 3,000 小時，考慮到非母語環境又不自然，還要用打折成 1,500 小時。但只要有 1,500 小時的沉浸時間，就會有很不錯的效果。

　　怕學生聽不懂、容易放棄？雙語學校的學生一開始也聽不懂英文，程度從零開始，進步到全外語授課，並不是問題。

　　用英文教學，會影響吸收能力？用外語學習專業知識比較難，這一點大學生最知道，所以學生都看共筆，不看原文課本。這是真的，但影響什麼的吸收能力？教學式文法嗎？教學式文法跟能不能學會英文，沒有太大關係。就算你覺得教學式文法很重要，那也是建立在會聽會說的基礎之上。如

果只教出一堆會「教學式文法」，但完全不會聽說英文的學生，這樣真的對嗎？

我認為真正的問題，是英文老師的平均素質，要全台灣的英文老師都用英文上課，會讓各級學校跳腳。我曾經遇過一個計程車司機，他知道我從事語言相關行業後，一直說他絕對全力支持全台灣公立學校英文課都要用英文上，如果有人反對，一定是有錢人的陰謀（笑）！

我回他：「那英文老師不會全英文授課，怎麼辦？」

司機先生說：「沒關係，這一代教不好可以接受，但總要開始。下一代的英文老師一定會比上一代好，而且用英文教，就算教得再爛，應該也比用中文教好。我是不懂這麼多啦，但我覺得這樣比較合理！」

「事情總要開始，下一代會更好」我覺得是很棒的想法，反正再怎麼做也不會更糟了。而且，如果英文老師真的程度不夠好，要求他們用英文上課，也是激勵他們進修英文的好方法，要不然，每年都教一樣的動詞三態、A-a-apple，這樣太無趣了。

其他問題，像是教學法、考試制度和教材，跟「沒有用英文上課」這件事比起來，真的就是小巫見大巫，我們就先

從全英文上課開始吧。

文法領導考試教學的弊病

因為大部分學校都是用文法、單字這一套在教學生，考試也都以檢核文法和單字量為主。在「文法」的章節我們已經提過，「文法」這套方法，並不是每個人都能順利學會的。事實上，只有少部分人能理解文法，我曾經和一個法國教育心理學家談過這問題，她表示，可以用學文法方式學語言的人口不到20%，實際上可能更低。

因此，身為語言老師的你必須知道，你教的10個學生中，有8個沒有辦法用傳統方式學語言，這時候不是用「你不學文法，就沒有辦法學會」恐嚇他，而是要讓他知道，不一定要用傳統的語言學習法，而可以嘗試人人都能學會的「語言習得」方法。

我知道這在體制內的教育非常難實踐，又一定要教文法考文法，也不能說有些人學、有些人不學。我建議，只要讓學生了解到，就算英文考不好，還是可以把英文學好、講得流利，提供習得的方針，這樣就很足夠了。

　　我最不希望發生的情況，就是學生誤以為學語言只有背單字、文法和考試，文法學不會，就沒辦法學會，從此一輩子放棄。台灣很多討厭英文或對英文沒自信的學生，就是從這樣的背景下而產生的，衷心希望將來這樣的學生會越來越少。

體制外的語言課程

　　我覺得體制外的語言教師很幸福，因為我們這些老師不需對家長負責，也不需對考試成績負責，只要對自己的荷包負責，讓學生滿意，月底就不會喝西北風。簡單的說就是讓學生願意開心繼續學，我們想怎麼教或怎麼講都可以。

　　我上過最棒的體制外語言課，是教我土耳其文的老師姆奇。姆奇是美國威斯康辛大學外語教學的博士生，創新教學一直是她的強項，她所設計並開設的大學土耳其文課程，值得所有語言老師參考：

　　• 不使用教科書：也就是不照文法單元或單字單元教學。

- **從零程度開始，就使用「自然材料」**：把土耳其人平常在看的電視新聞、料理節目、文化節目或娛樂節目當作教材，設計活動或作業讓我們去體驗，並從中學習土語，不要求我們逐字了解，似懂非懂也沒關係。

- **不討論文法細節，但會由溝通目的設計句型教學**：就算文法學不會的人，也可以直接把句子記下來，所有人都有辦法學會有用的句子。

- **每週跟大家一起追土耳其電視劇**：上課時會一起討論，程度好的學生，每週需用土文寫劇情概要。看土耳其劇時，是沒有字幕的，所以我們必須靠僅有的圖文，透過畫面去猜，很多細節必須等到上課老師解答時，才會知道到底發生了什麼事。

- **上課只說土語沉浸式教學**：下課才會讓你用英文問問題。

- **考試不用錯一個扣一分的方式**：只有聽力問答、閱讀問答和寫作，期末還會有面試。計分以學生的表達完整度給分，不用錯一個文法或一個單字扣一分的方式，表達越完整、越詳細，分數就越高。

　　這個課程沒有終點，也沒有開始，我和同班的美國人，常常有我們不知道在學什麼的感覺。但一年後，我們去土耳其時都明顯能用土語跟當地人溝通，也能讀懂很多東西，可見這種看似漫無目的的「沉浸式習得教學」真的有效。

　　我希望我們都能成為學生的「協助者（facilitator）」，也是他們的啟發者。與其說我們是老師（teacher），不如說我們是啟蒙導師（mentor），學會語言是人的本能，語言老師只是幫學生找回本能而已。我們能教的有限，能做的也有限，老師們應該更謙卑，甚至不要以老師自居更好，把自己降低到跟學生一樣的位子，一起學外語，學生會學得更自在，更開心。

結語　迎接人人說多語的黃金時代

最後的結語，不是最不重要的一章，因為我們要來談談「外語學習產業」的未來。對於「發大財」有興趣的讀者，請繫上安全帶，我們即將起飛。

首先，我想請大家和我一起思考「外語學習」的起源，為什麼有外語學習，沒有「母語學習」呢？母語只要在家跟家人互動就能學會，不需要有特別的教材或是課程；學外語沒有辦法靠家人，也沒有辦法靠朋友，只好靠「教材」，或是「上課」，靠「教學法」，也靠「學習法」，並且產生了字典、講義、考試等副產品。

換言之，其實只要學外語能跟學母語一樣，我們就不需要外語學習產業創造出來的這些學習工具和方法。我認為這一天近在咫尺，很快地人人都能「沉浸式習得」，學外語就像學母語一樣，而且還不只學一種，未來肯定是一個人人都

會說多國語言的時代。

　　上一波科技的改變，已經徹底改變「學外語」這件事，讓學外語越來越像學母語，這已經變成我們日常生活的一部分。

　　若不仔細回想，大家可能都忘了這 20 年來的轉變有多大。1999 年我讀國三時，還在用撥接數據機玩網路遊戲，當時在台灣唯一能聽到的全英文電台，只有 ICRT，要看英文頻道，還必須加裝第四台（有線電視），才勉強有「國家地理頻道」「探索頻道」，或是外語電影台可以看。除此之外，要聽英文只有無聊的教科書和一些英語雜誌，或是天價的英語故事 CD。總之，「聽英文」是頗奢侈的一件事，甚至可說是有錢人的專利。

　　2000 年之後，我們進入網路寬頻時代，各種網路媒體和分享平台如雨後春筍般冒出頭來。從無名小站的好圖分享，快速進展到現在的影片和直播的時代，特別是 2010 年起的這 10 年，「聽英文」已經不是少數人的特權，免費頻道、直播主、電台、影片和教學唾手可得，資源供過於求，如何選擇材料，反而是新世代學習的難處。

　　改變並不限於網路多媒體，旅遊型態的轉變也深深影響

「學外語」這件事。

2005 年，我在台灣環島旅行時，台灣還沒有任何一家青年旅館，高鐵也尚未開通，「廉價航空」這個名詞也尚未在亞洲出現，旅遊或出國旅行是一件奢侈的事，「出國學外語」更是一般人難以想像的有錢人專利。

今天，你只要台幣 3,000 元（還含稅），就能來回直飛北海道札幌；到日本大阪的青年旅館住一晚，只要 1,200 日幣（台幣 300 元左右）。就像知名廉航亞航所言：「這是一個阿貓阿狗都能飛的時代。」（Now everyone can fly.）

「一日衝東京」和「一日衝首爾」，也變成網紅爭相製作的專題，要想每個週末都飛去東京「沉浸式習得日語」，或是飛去曼谷「沉浸式習得英語」，應該也不會離我們太遙遠。能夠便宜旅行，讓一般人更容易去國外「沉浸式習得」，也讓更多外國人來台灣旅行。隨著旅遊的頻率越高且深度越深，自然會形成一個學外語像學母語的環境。

下一波「學外語」科技革命正在發生，我認為最具破壞性創新的科技是「虛擬實境」，這項新科技將讓所有人在任何地方都能 100% 像學母語一樣「沉浸式習得」。我國中時玩的全英文網路遊戲，只透過語音和文字跟其他玩家互動，就能

讓我的英文能力有大幅進步。在不久的將來，玩家們將不只有語音和文字，而是可以像動畫《刀劍神域》或是史蒂芬‧史匹柏的電影《一級玩家》一樣，完全置身在實境遊戲裡，各種感官和現實生活無異。只要和講英文的人一起玩，就能自然習得英文；跟講日文的人一起玩，就能自然習得日語。

那下一波的旅遊革命呢？我認為除了機票和住宿會越來越便宜之外，旅遊型態肯定會從「走馬看花」變成「深入當地生活」，本書介紹的沙發衝浪和 Meetup 就是因應這種趨勢而產生的平台之一。如此一來，人跟人接觸的密度和頻率更高，每個人講外語的機會也就不斷增加，「外語」和「母語」的界線越來越模糊，最後合而為一。

除此之外，交通運輸工具勢必產生重大革命，「瞬間移動」或許還太遙遠，但「外大氣層運輸」，也就是用太空梭跨洲旅行的科技已不遠，這將大幅縮短移動時間和精力。如果我花一小時就能到美國，那我就能想去的時候就去，每天都去幾個小時跟美國朋友交流交流，英文還有學不會的理由嗎？

如果你仍然不相信以上兩者會實現，世上仍有許許多多其他比飛機更快的運輸工具可能性，例如特斯拉汽車公司創

辦人馬斯克，他提出的地下化管狀運輸系統。無論如何，移動成本越來越便宜、越來越方便，且越來越快，肯定是不變的趨勢。

以上這些新科技和趨勢，將讓我們「學外語」和「學母語」一樣容易，「多語達人」也將成為全球性普遍現象。除此之外，「機器翻譯」和人工智慧領域「自然語言處理」的發展，將讓學外語徹底失去商業上的用處。當機器人和電腦可以完全精準翻譯商業和法律等正式領域的語言時，就是專業翻譯轉職的一天，一般人從此再也不需要為了「工作」而學外語。

「學外語」將變成一種類似音樂或運動一樣的嗜好，不學外語並不會影響我們的仕途或商業機會，就像現在英語系國家的人一樣，一個美國人學不學外語，並不影響升學、也不影響就業。

面對這個人人都會說多種語言、但語言跟個人事業是否成功又無關的矛盾未來，你做好準備了嗎？這本《學外語就像學母語》，就是你最好的「未來語言生活引導手冊」。讓我們一起實踐，迎接人人都會說多語的黃金時代。

Eurasian Publishing Group
圓神出版事業機構
用心 與你對話・緣我服務至誠

方智出版社
Fine Press

www.booklife.com.tw

reader@mail.eurasian.com.tw

生涯智庫 176

學外語就像學母語：25語台灣郎的沉浸式語言習得

作　　者／Terry（謝智翔）

發 行 人／簡志忠

出 版 者／方智出版社股份有限公司

地　　址／台北市南京東路四段50號6樓之1

電　　話／（02）2579-6600・2579-8800・2570-3939

傳　　真／（02）2579-0338・2577-3220・2570-3636

總 編 輯／陳秋月

副總編輯／賴良珠

主　　編／黃淑雲

責任編輯／陳孟君

校　　對／胡靜佳・陳孟君

美術編輯／李家宜

行銷企畫／詹怡慧・王莉莉

印務統籌／劉鳳剛・高榮祥

監　　印／高榮祥

排　　版／杜易蓉

經 銷 商／叩應股份有限公司

郵撥帳號／18707239

法律顧問／圓神出版事業機構法律顧問　蕭雄淋律師

印　　刷／祥峰印刷廠

2020年2月　初版

定價 310 元　　　　　ISBN 978-986-175-545-8

語言貌似一道高牆，阻絕了人與人間的溝通，
但這道牆並不是有形的，只要我們改變想法，
把對語言的「恐懼」變成「有趣」，
這道高牆就會自動消失，
語言反而變成人與人交流之間的潤滑劑。
　　　　——Terry（謝智翔），《這位台灣郎會說25種語言》

◆ **很喜歡這本書，很想要分享**

　　圓神書活網線上提供團購優惠，
　　或洽讀者服務部 02-2579-6600。

◆ **美好生活的提案家，期待為您服務**

　　圓神書活網 www.Booklife.com.tw
　　非會員歡迎體驗優惠，會員獨享累計福利！

國家圖書館出版品預行編目資料

學外語就像學母語：25語台灣郎的沉浸式語言習得／
謝智翔 作 . -- 初版 . -- 臺北市：方智，2020.02
288 面；14.8×20.8 公分 -- （生涯智庫；176）

　　ISBN 978-986-175-545-8（平裝）

　　1. 外語教學　2. 語言學習

800.3　　　　　　　　　　　　108022098

學外語就像
學母語

25語台灣郎的
沉浸式語言習得